Der Mahatma und der Hase

Eine Traumgeschichte

H. Rider Haggard

Writat

Diese Ausgabe erschien im Jahr 2023

ISBN: 9789358810363

Herausgegeben von
Writat
E-Mail: info@writat.com

Inhalt

DER MAHATMA
EINE TRAUMGESCHICHTE

„Letztendlich wurde ein guter Hase gefunden, der das Feld eroberte. . . Dort bedrängten die Hunde sie, und als die Jagd den Rand der Klippe erreichte, konnte man sehen, wie der Hase den Strand überquerte und direkt aufs Meer hinausging. Ein Boot wurde beschafft, und der Kapitän und einige andere ruderten gerade zu ihr, als sie ertrank, holten die Leiche herein und übergaben sie den Hunden. Ein Hase, der aufs Meer hinausschwimmt, ist ein Anblick, den man nicht oft erlebt." – *Lokalzeitung, Januar* 1911.

„. . . Im letzten Teil dieser Jagd kam es zu einer langen Hemmung, da der Hase sich in einer Hecke niedergelassen hatte, aus der er schließlich durch einen Peitschenknall vertrieben wurde. Ihr nächster Zufluchtsort war ein Pferdeteich, in dem sie zu schwimmen versuchte, aber auf halbem Weg im Eis stecken blieb und gerade versank, als der Jäger ihr nachging. Es war ein neuartiger Anblick, zu sehen, wie Jäger und Hase über eine Mauer aus dem Teich gehoben wurden, während das eifrige Rudel hinter der Mauer auf seine Beute wartete." – Lokalzeitung, *Februar* 1911.

Der Autor vermutet, dass ihn der erste der oben genannten Auszüge beeindruckt haben muss. Jedenfalls fielen ihm in der Nacht nach der Lektüre, gerade als er einschlief, oder am nächsten Morgen, gerade als er aufwachte, er kann es nicht sagen, der Titel und die Umrisse dieser Fantasie ein, einschließlich der Befehl, mit dem es endet. Mit besonderer Klarheit schien er das Bild der Großen Weißen Straße zu sehen, „gerade wie der Weg des Geistes und breit wie die Brust des Todes" und des kleinen Hasen, der auf die schrecklichen Tore zuzog.

Wie der Mahatma dieser Fabel äußert er keine Meinung über die Berechtigung der Kontroverse zwischen dem Mann mit dem roten Gesicht und dem Hasen, die sich ihm, ohne dass er selbst danach gesucht hatte, auf so seltsame Weise präsentierte. Darüber kann sich jeder, der sich für solche Angelegenheiten interessiert, ein individuelles Urteil bilden.

DER MAHATMA [1]

[1] Mahatma, „großbeseelt". „Einer aus einer Klasse von Personen mit übernatürlichen Kräften, von denen man annimmt, dass sie in Indien und Tibet existieren." – *New English Dictionary* .

Jeder hat schon einmal einen Hasen gesehen, entweder kauernd oder rennend auf den Feldern, oder tot in einem Geflügelladen hängend, oder zuletzt erbärmlich, ja schrecklich aussehend und in dieser Form kaum von einer gehäuteten Katze zu unterscheiden, auf dem heimischen Tisch. Aber zumindest soweit sie wissen, haben nicht viele Menschen einen Mahatma getroffen. Nicht viele Menschen wissen überhaupt, wer oder was ein Mahatma ist. Die Mehrheit derjenigen, die den Titel zufällig gehört haben, neigen dazu, ihn mit einem anderen zu verwechseln, nämlich dem des verrückten Hutmachers.

Dies geschieht sogar aus böser Absicht (besonders aus offensichtlichen Gründen, wenn es in irgendeiner Weise um einen Hasen geht), aus Verachtung, nicht aus Unwissenheit, von Personen, die mit der wahren Bedeutung des Wortes und sogar mit seinem Sanskrit-Ursprung gut vertraut sind . Die Wahrheit ist, dass eine ungläubige westliche Welt kein Vertrauen in Mahatmas setzt. Für sie ist ein Mahatma eine Art spirituelle Frau Harris, die eine Adresse in Tibet angibt, an die keine Briefe zugestellt werden. Entweder, so heißt es, gibt es keinen solchen Menschen, oder er ist ein betrügerischer Halunke ohne größere okkulte Kräfte – nun ja, als ein Hase.

Ich gestehe, dass mich diese Sicht auf Mahatmas nicht im Geringsten überrascht. Ich habe noch nie jemanden getroffen, und ich erwarte auch kaum, einem Menschen zu begegnen, der berechtigt ist, „Mahatma" nach seinem Namen zu setzen. Sicherlich *Ich* habe kein Recht dazu, der diesen Titel nur spontan angenommen hat, als der Hase mich fragte, wie ich genannt werde, und ihn jetzt als *Pseudonym verwende* . Es stimmt, es gibt Jorsen , in dessen Auftrag ich diese Geschichte veröffentliche, denn darauf läuft es hinaus. Soweit ich weiß, mag Jorsen ein Mahatma sein, aber er sieht nicht im Geringsten danach aus.

Stellen Sie sich eine grobe Person mit einem starken, harten Gesicht, durchdringenden grauen Augen und sehr hervorstehenden, buschigen Augenbrauen im Alter von etwa fünfzig oder sechzig Jahren vor. Fügen Sie einen schottischen Akzent und eine Meerschaumpfeife hinzu, die er auch dann raucht, wenn er einen Gehrock und einen hohen Hut trägt, und Sie haben Jorsen . Ich glaube, dass er irgendwo auf dem Land lebt, dass es ihm gut geht und dass er Gartenarbeit betreibt . Wenn ja, hat er mich nie zu sich nach Hause eingeladen, und ich treffe ihn nur, wenn er, soweit ich weiß, in die Stadt kommt, um Blumenschauen zu besuchen.

Dann treffe ich ihn immer, weil er es mir befiehlt, nicht per Brief oder mündlich, sondern auf ganz andere Weise. Plötzlich habe ich den Eindruck, dass ich zu einer bestimmten Stunde an einen bestimmten Ort gehen muss und dass ich dort Jorsen finden werde . Ich gehe manchmal in ein Hotel, manchmal in eine Unterkunft, manchmal zu einem Bahnhof oder an eine bestimmte Straßenecke, und dort finde ich Jorsen , der seine große Meerschaumpfeife raucht. Wir schütteln uns die Hände und er erklärt, warum er mich holen lässt, woraufhin wir über verschiedene Dinge sprechen. Egal, was sie sind, denn das würde bedeuten, Jorsens Geheimnisse ebenso zu verraten wie meine eigenen, was ich nicht tun darf.

Jorsen kennengelernt habe . Nun ja, auf seltsame Weise. Vor fast dreißig Jahren passierte mir etwas Schreckliches. Ich war verheiratet und, obwohl noch jung, eine bedeutende Persönlichkeit in der Literatur. Tatsächlich werden noch heute ein oder zwei der Bücher, die ich geschrieben habe, gelesen und in Erinnerung behalten, obwohl man annimmt, dass ihr Autor die Welt schon lange verlassen hat.

Was passierte, war, dass meine Frau und unsere Tochter von den Kanalinseln kamen, wo sie zu Besuch waren (sie war eine Frau aus Jersey), und, und – nun, das Schiff ging verloren, das ist alles. Der Schock hat mir das Herz gebrochen, so dass es nie wieder geheilt wurde, mich aber leider nicht getötet hat.

Danach begann ich zu trinken und sank, wie es Trunkenbolde tun. Dann begann der Fluss mich anzuziehen. Ich hatte eine Unterkunft in einer armen Straße in Chelsea, und ich konnte nachts den Fluss hören, der mich rief, und – ich wünschte zu sterben, wie die anderen gestorben waren. Schließlich gab ich nach, denn der Alkohol hatte mein gesamtes moralisches Empfinden zerstört. Ungefähr um ein Uhr eines wilden Wintermorgens ging ich zu einer Brücke, von der ich wusste, dass damals Polizisten selten kamen, und lauschte dem Ruf des Wassers.

"Kommen!" es schien zu sagen. „Diese Welt ist die wahre Hölle, die im ewigen Nichts endet. Die Träume von einem Leben jenseits und von einer Wiedervereinigung sind nur der Spott eines Dämons, der in das sterbliche Herz eingehaucht wird, damit die Menschheit ihn nicht durch seinen allumfassenden Selbstmord seiner Foltergrube beraubt. In allem, was dein Vater dich gelehrt hat, ist nichts Wahres" (er war ein Geistlicher und in seinem Beruf ziemlich angesehen), „es gibt keine Hoffnung für den Menschen, es gibt nichts, was er gewinnen kann, außer dem tiefen Glück des Schlafes." Komm und schlafe."

Das waren die Argumente dieser Stimme des Flusses, die alten, vertrauten Argumente der Trostlosigkeit und Verzweiflung. Ich beugte mich über die Brüstung; In einem anderen Moment hätte ich weg sein sollen, als mir bewusst wurde, dass jemand in meiner Nähe stand. Ich habe die Person nicht gesehen, weil es zu dunkel war. Wegen des tosenden Windes hörte ich ihn nicht. Aber ich wusste, dass er da war. Also wartete ich eine Weile, bis der Mond zwischen den Rändern zweier zerlumpter Wolken hervorschimmerte, deren Formen ich bis heute erkennen kann. Es zeigte mir Jorsen , der genauso aussieht wie heute, denn er scheint sich nie zu verändern – Jorsen , den ich meines Wissens noch nie zuvor gesehen hatte.

„Noch vor einem Jahr", sagte er mit seiner starken, rauen Stimme, „hätten Sie sich nicht von solchen Argumenten überzeugen lassen, wie Sie sie gerade in der Stimme des Flusses gehört haben." Das ist eine der schlimmsten Seiten des Trinkens; es zersetzt die Vernunft ebenso wie den Körper. Du musst es selbst bemerkt haben."

Ich antwortete, dass das der Fall sei, denn ich war überrascht und stimmte zu. Dann wurde ich trotzig und fragte ihn, was er über die Argumente wisse, die mich beeinflussten oder nicht. Zu meiner Überraschung – nein, das ist nicht das richtige Wort – zu meiner Verwirrung wiederholte er sie mir eins nach dem anderen, so wie sie ein paar Minuten zuvor in meinem Herzen aufgetaucht waren. Außerdem erzählte er mir, was ich vorhatte und warum ich es tun wollte.

„Du kennst mich und meine Geschichte", murmelte ich schließlich.

„Nein", antwortete er, „zumindest nicht mehr, als ich das von vielen Männern weiß, mit denen ich zufällig in Kontakt komme." Das heißt, ich habe dich seit fast elfhundert Jahren nicht mehr getroffen. Tausendsechsundachtzig, um richtig zu sein. Ich war damals ein blinder Priester und du warst der Hauptmann von Irenes Wache."

Bei dieser Nachricht brach ich in Gelächter aus und das Lachen tat mir gut.

„Ich wusste nicht, dass ich so alt bin", sagte ich.

„Nennst du das alt?" antwortete Jorsen . „Soweit ich weiß, war das erste Mal, dass wir etwas miteinander zu tun hatten, vor über achttausend Jahren in Ägypten, vor Beginn der aufgezeichneten Geschichte."

„Ich dachte, ich wäre verrückt, aber du bist noch verrückter", sagte ich.

"Zweifellos. Nun, ich bin so wütend, dass ich es geschafft habe, rechtzeitig hier zu sein, um dich vor dem Selbstmord zu retten, so wie du mich einst in der Vergangenheit gerettet hast, denn so kommen die Dinge.

Aber Ihre Zimmer sind doch in der Nähe, nicht wahr? Lasst uns dorthin gehen und reden. Dieser Ort ist kalt und der Fluss ruft immer."

So lernte ich Jorsen kennen , den ich für einen der größten Männer der Welt halte. In dieser besonderen Nacht, die ich beschrieben habe, erzählte er mir viele Dinge, und seitdem hat er mir, mir und einigen anderen, viel beigebracht. Aber ob er ein sogenannter Mahatma ist, weiß ich sicher nicht. Er hat in meinen Ohren noch nie einen solchen Rang beansprucht oder sich tatsächlich als etwas anderes erwiesen als ein Mann, dem es gelungen ist, aus den Tiefen der Dunkelheit, die hinter uns liegt, ein Wissen über seine eigenen Kräfte zu gewinnen. Natürlich meine ich aus seiner Vergangenheit in anderen Inkarnationen, lange bevor er Jorsen wurde . Darüber hinaus zeigte er mir nach und nach, als ich fit wurde, das Licht zu ertragen, etwas von mir selbst und wie die beiden miteinander verbunden waren.

Aber all diese Dinge sind Geheimnisse, über die ich derzeit vielleicht nicht sprechen darf. Es genügt zu sagen, dass Jorsen in dieser Nacht, als er mich vor dem Tod rettete, den Lauf meines Lebens veränderte.

Zum Beispiel habe ich von diesem Tag an bis heute nie das Getränk getrunken, das mich so fast ruiniert hätte. Auch die Dunkelheit ist verschwunden und mit ihr jeder Zweifel und jede Angst; Ich kenne die Wahrheit und für diese Wahrheit lebe ich. Ich gebe zu, dass solche Kenntnisse unter bestimmten Gesichtspunkten nicht unbedingt wünschenswert sind. Dadurch hat es mich meines Interesses an irdischen Dingen beraubt. Der Ehrgeiz hat mich völlig verlassen; Seit Jahren hege ich weder den Wunsch, in dem Beruf, den ich in meiner Jugend angenommen habe, noch in einem anderen erfolgreich zu sein. Tatsächlich bezweifle ich, dass die Elemente des weltlichen Erfolgs noch in mir vorhanden sind; ob sie nicht durch das Feuer der Weisheit, in dem ich gebadet habe, völlig verbrannt sind. Wie können wir danach streben, eine Krone zu gewinnen, die wir nicht mehr tragen wollen? Jetzt wünsche ich mir andere Kronen und trage sie manchmal, wenn auch nur für kurze Zeit. Mein Geist wächst und wächst. Es zerrt an seinen Fäden.

Was soll ich mir anschauen? Ein kleiner, weißhaariger Mann mit einem dünnen und eher klagenden Gesicht, in dem sich zwei große, dunkle Augen befinden, die immer weicher zu werden scheinen und sich zu entwickeln scheinen. Das ist mein Bild. Und was bin ich auf der Welt? Ich werde es dir sagen. An bestimmten Wochentagen beschäftige ich mich mit der Redaktion einer Fachzeitschrift , die sich mit Kurzwaren befasst. An einem anderen Tag bin ich als Auktionator für eine Firma tätig, die billige italienische Statuen importiert und verkauft. moderne, sehr moderne Kopien der antiken, blumigen Marmorvasen und so weiter. Einige von Ihnen, die das lesen, sind vielleicht an solchen Märkten in verschiedenen Teilen der Stadt vorbeigekommen oder sind sogar vorbeigekommen und haben eine Büste oder eine Tazza für einen überraschend kleinen Betrag gekauft. Vielleicht habe ich es Ihnen zugeschlagen, nur zu erfreut darüber, einen *seriösen Bieter* in meinem Unternehmen zu finden.

Was den Rest meiner Zeit betrifft – nun, ich nutze sie, um den Armen und denen, die Trost brauchen oder die Trauer verloren haben, so viel Gutes zu tun, wie ich kann, vor allem denen, die Trauer verloren haben, denn manchmal bin ich in der Lage, ihnen den Atem zu bringen der Hoffnung, die von einem anderen Ufer weht.

Gelegentlich vergnüge ich mich auch auf meine eigene Art und Weise. So erlangte ich sicheres Wissen über bestimmte Epochen in der Vergangenheit, in denen ich in anderen Formen lebte, und ich studiere diese Epochen in der Hoffnung, dass ich eines Tages Zeit finde, über sie und die Rollen, die ich in ihnen gespielt habe, zu schreiben. Einige dieser Teile sind äußerst interessant, insbesondere weil ich sie natürlich mit unseren modernen Denk- und Handlungsweisen vergleichen kann.

Sie kommen mir nicht alle mit gleicher Klarheit in den Sinn, da die früheren Leben erwartungsgemäß schwieriger zu erholen sind und die vergleichsweise jüngeren am einfachsten. Außerdem scheinen sie sich über eine weite Zeitspanne zu erstrecken, und zwar bis in die Zeit des urzeitlichen, prähistorischen Menschen. Kurz gesagt, ich denke, dass das Unterbewusstsein in gewisser Weise dem bewussten und natürlichen Gedächtnis ähnelt; Was sehr weit von ihm entfernt ist, wird dunkel und verschwommen, was vergleichsweise nahe ist, bleibt klar und scharf, obwohl diese Regel natürlich nicht unveränderlich ist. Darüber hinaus gibt es sowohl Weitsicht als auch Erinnerung. Zumindest von Zeit zu Zeit komme ich mit zukünftigen Ereignissen und Zuständen der Gesellschaft in Kontakt, an denen ich meinen Anteil haben werde.

Ich glaube, dass einige Denker die Theorie vertreten, dass solche Bedingungen wie die der Vergangenheit, Gegenwart und Zukunft tatsächlich nicht existieren; dass alles bereits ist und wie eine vollendete Säule zwischen Erde und Himmel steht; dass die Summe addiert wird, die Gleichung aufgeht. Manchmal bin ich versucht, an die Wahrheit dieser Aussage zu glauben. Aber wenn es wahr ist, bleibt es natürlich schwierig, sich einen klaren Überblick über andere Teile der Kolumne zu verschaffen als den, in dem wir uns zu einem bestimmten Zeitpunkt objektiv bewusst befinden, und es ist unnötig zu sagen, dass es unmöglich ist, sie von der Basis bis zum Kapital zu sehen .

Wie dem auch sei, keine einzelne Entität durchdringt die gesamte Spalte. Es gibt große Abschnitte davon, mit denen dieses Wesen nichts zu tun hat, obwohl es oben immer wieder aufzutauchen scheint. Ich nehme an, dass jene

Abschnitte, die von einem Individuum und seiner Atmosphäre leer sind, die Intervalle zwischen seinen Leben darstellen, die es im Schlaf verbringt, oder in Existenzzuständen, mit denen sich diese Welt nicht befasst, sondern mit solchen Abgründen des Vergessens und Seinszuständen nichts wissen.

Um ein einziges Beispiel dessen zu nennen, was ich weiß: Einst wohnte darin dieser meine Geist, der jetzt durch die Wirkweise des Schicksals für eine kurze Zeit den Körper eines viertklassigen Auktionators und des Herausgebers einer Fachzeitschrift einnimmt eines Pharaos von Ägypten – egal welcher Pharao. Ja, obwohl Sie vielleicht lachen und mich für verrückt halten, das zu sagen, für mich kämpften und donnerten die Legionen; Vor mir verneigten sich die Völker und die geheimen Heiligtümer wurden geöffnet, damit ich und ich allein mit den Göttern kommunizieren konnten; Ich, der im Fleisch und danach selbst als Gott verehrt wurde.

Nun, von diesem vergessenen Königshaus, über das bis auf einige Inschriften kaum etwas bekannt ist, gibt es im British Museum noch eine Porträtstatue. Manchmal schaue ich mir diese Statue an und versuche, mich genau daran zu erinnern, unter welchen Umständen ich sie geformt habe, und versuche dabei, die Geschichte Stück für Stück herauszufinden.

Vor nicht allzu langer Zeit stand ich so versunken da und bemerkte nicht, dass die Stunde der Schließung der großen Galerie gekommen war. Ich stand immer noch da und starrte und träumte, bis der diensthabende Polizist, der mich sah und verdächtigte, auf mich zukam und mir grob befahl, zu gehen.

Der Ton des Mannes verärgerte mich. Ich legte meine Hand auf den Fuß der Statue, denn mir war gerade wieder eingefallen, dass es ein „Ka"-Bild war, ein heiliges Ding, jeder Ägyptologe wird wissen, was ich meine, das seit Ewigkeiten in meiner Kammer gestanden hatte Grab. Dann erwachte das Ka, das sich ewig daran festklammert, durch meine Berührung und erkannte mich, so nehme ich an. Zumindest spürte ich, wie ich mich veränderte. Eine neue Kraft kam in mich; Meine von den Stürmen dieser Welt zerschundene Gestalt hat etwas von ihrer uralten Würde angenommen; meine Augen wurden königlich. Ich sah diesen Mann so an, wie der Pharao vielleicht jemanden angesehen hat, der ihn beleidigt hatte. Er sah die Veränderung und zitterte – ja, zitterte. Ich glaube, er hielt mich für einen kaiserlichen Geist , den er aufgrund der Abendschatten für einen Menschen gehalten hatte; jedenfalls keuchte er auf –

„Ich bitte um Verzeihung, ich habe Befehle befolgt. Ich hoffe, Eure Majestät tut mir nicht weh. Wenn ich jetzt darüber nachdenke, wurde mir gesagt, dass nachts Dinge aus diesen alten Statuen herauskommen."

Dann drehte er sich um und rannte, im wahrsten Sinne des Wortes, wohin, ich weiß es sicher nicht, wahrscheinlich um die Kameradschaft eines anderen Polizisten zu suchen. Zu gegebener Zeit folgte ich ihm, hob die Bar am Ende des Flurs hoch und ging, ohne weitere Fragen zu stellen. Danach war ich sehr froh, dass ich dem Mann keinen Schaden zugefügt hatte. In diesem Moment wusste ich, dass ich ihn verletzen könnte, wenn ich wollte, und darüber hinaus hatte ich den Wunsch, es zu tun. Es kam zu mir, glaube ich, mit diesem Hauch der Vergangenheit, als ich so großartig und absolut war. Vielleicht war ich oder der damals inkarnierte Teil von mir damals ein Tyrann, und deshalb muss ich jetzt so demütig sein. Das Schicksal zwingt meinen Stolz zum Hammer und schlägt ihn aus mir heraus.

Denn so dient sie in der langen Geschichte der Seele allen unseren Lastern.

DIE GROSSE WEISSE STRAßE

Nun habe ich, wie ich angedeutet habe, unter der Lehre von Jorsen , der mich vor Erniedrigung und Selbstmord gerettet hat, ja, und der mir mit Geld geholfen hat, bis ich wieder meinen Lebensunterhalt verdienen konnte, gewisse Kenntnisse und Weisheiten dieser Art erworben sind nicht üblich. Das heißt, Jorsen hat mir die Elemente dieser Dinge beigebracht; Er stellte meine Füße auf den Weg, dem ich von nun an, da ich die Sicht hatte, selbst folgen konnte. Es spielt keine Rolle, wie ich es befolgt habe, und ich könnte es auch anderen nicht beibringen, wenn ich wollte.

Ich bin kein Mitglied einer mystischen Bruderschaft und, wie ich bereits erklärt habe, kein Mahatma, obwohl ich mich für den vorliegenden Zweck so genannt habe, weil der Name ein bequemer Deckmantel ist. Ich wiederhole, dass ich nicht weiß, ob es solche Leute wie Mahatmas gibt, obwohl ich denke, dass Jorsen einer von ihnen sein muss, wenn das so ist . Trotzdem hat er mir das nie erzählt. Was er gesagt hat, ist, dass jeder einzelne Geist sein eigenes Schicksal völlig unabhängig von anderen gestalten muss. Tatsächlich hat er, da er eine Vorliebe für schöne Redensarten hat, manchmal mit mir von dem gesprochen, oder besser gesagt, darauf bestanden, was er „den einsamen Glanz der menschlichen Seele" nannte, den es unsere Aufgabe ist, durch verschiedene Leben hindurch zu vervollkommnen, bis er seinen Glanz erreicht und eine Macht , die ich kaum schätzen und schon gar nicht beschreiben kann.

Um ehrlich zu sein, beunruhigt mich der Gedanke an diese „einsame Pracht ", zu der offenbar einige von uns gelangen könnten. Ich habe es satt, einsam zu sein, und ich verlange keine besondere Pracht . Mein einziger Ehrgeiz besteht darin, diejenigen zu finden, die ich verloren habe, und in jedem Leben, das ich lebe, anderen von Nutzen zu sein. Da ich jedoch merke, dass der erhabene Zustand, auf den Jorsen anspielt, für jeden von uns Tausende von Zeitaltern entfernt liegt und möglicherweise doch etwas ganz anderes bedeutet, als er zu bedeuten scheint, beunruhigt mich der Gedanke daran nicht sonderlich. Was ich in der Zwischenzeit suche, ist die Vision derer, die ich liebe.

Jetzt habe ich diese Macht. Gelegentlich, wenn ich tief schlafe, scheint es, als würde ein Teil von mir meinen Körper verlassen und ganz außerhalb der Welt transportiert werden. Es reist, als ob ich bereits tot wäre, zu den Toren, die alle Lebenden passieren müssen, und nimmt dort seinen Standpunkt auf der Großen Weißen Straße ein und beobachtet ständig diejenigen, die gerufen wurden, vorbeizurasen. Die Menschen auf der Erde wissen nichts von diesem Weg. Geblendet von ihrem Pomp und ihrer Eitelkeit können sie nicht sehen, sie werden nicht sehen, wie es jedem von ihnen immer zu Füßen wächst. Aber ich sehe und weiß. Natürlich werden Sie als Leser sagen, dass dies nur ein Traum von mir ist, und das kann auch so sein. Wenn dem so ist, dann ist es ein sehr wunderbarer Traum, und abgesehen von der Veränderung der vorbeigehenden Menschen, oder vielmehr derjenigen, die Menschen gewesen sind, ist er immer derselbe.

Dort, gerade wie der Weg des Geistes und breit wie die Brust des Todes, verläuft die Große Weiße Straße, ich weiß nicht woher, bis zu jenen Toren, die wie Mondlicht glänzen und höher als die Alpen sind. Dort hinter den Toren bewegen sich die strahlenden Präsenzen auf geheimnisvolle Weise. Von dort schreit die Stimme zur festgesetzten Zeit, und sie werden mit einem Klang geöffnet, der dem tiefsten Donners ähnelt, oder manchmal werden sie verbrannt, während aus der Herrlichkeit, die dahinter liegt, die süßen Willkommensgrüße strömen, um diejenigen zu begrüßen, auf die sie warten, und sie tragen die Becher, aus denen sie zu trinken geben. Ich weiß nicht, was in den Bechern ist, ob es ein Schluck Lethe oder etwas Taufwasser einer Neugeburt oder beides ist; aber immer scheint sich die dürstende, von der Welt abgenutzte Seele zu verändern und sich dann sozusagen in der Gegenwart zu verlieren, die den Kelch gegeben hat. Zumindest sind sie für mich nicht mehr sichtbar. Ich sehe sie nicht mehr.

Warum beobachte ich diese Tore, in Wahrheit oder im Traum, vor meiner Zeit? Oh! Das kannst du dir denken. Damit ich vielleicht diejenigen sehen kann, für die mein Herz mit einem unauslöschlichen, fressenden Feuer brennt. Und einmal sah ich – nicht die Mutter, sondern das Kind, mein Kind, veränderte sich tatsächlich, geheimnisvoll, wunderbar, leuchtend wie ein Stern, mit Augen, die so tief waren, dass meine Menschlichkeit in ihren Tiefen zu ohnmächtig zu werden schien.

Sie trat vor; sie kannte mich; Sie lächelte und legte ihren Finger auf ihre Lippen. Sie schüttelte ihr Haar um sich herum und verschwand darin wie in einer Wolke. Doch als sie verschwand, sprach eine Stimme in meinem Herzen, ihre Stimme, und die Worte, die sie sagte, waren:

„Warte, unser Geliebter! Warten!"

Gut markieren. „Unser Geliebter", nicht „Mein Geliebter". Es gibt also andere, die mich lieben, oder zumindest einen anderen, und ich weiß genau, wer das sein muss.

Nach diesem Traum, vielleicht sollte ich es besser einen Traum nennen, war ich lange krank, denn die Freude und die Herrlichkeit darüber überwältigten mich und brachten mich dem Tod nahe, den ich immer gesucht hatte. Aber ich habe mich erholt, denn meine Stunde ist noch nicht gekommen. Darüber hinaus befolgte ich für eine lange Zeit, tatsächlich einige Jahre, die einstweilige Verfügung und suchte die Große Weiße Straße nicht mehr auf. Schließlich wurde die Sehnsucht zu groß für mich und ich kehrte dorthin zurück, aber die Vision kam nie wieder. Sein Wort wurde gesprochen, seine Mission wurde erfüllt. Doch von Zeit zu Zeit scheine ich, ein Sterblicher, an den Grenzen dieser unsterblichen Straße zu stehen und die frisch Verstorbenen zu beobachten, die auf ihr zu den glorreichen Toren reisen.

Ein- oder zweimal waren unter ihnen Leute, die ich kannte. Während diese an mir vorbeigehen, scheine ich die Macht zu haben, in ihre Herzen zu schauen, und dort lese ich seltsame Dinge. Manchmal sind es schöne Dinge und manchmal hässliche Dinge. So habe ich gelernt, dass diejenigen, die ich für schlecht hielt, im Großen und Ganzen wirklich gut waren, denn wer kann schon behaupten, ganz gut zu sein? Und andererseits hatten diejenigen , von denen ich glaubte, dass sie so ehrlich waren wie damals, ihre Fehler.

Um ein Beispiel zu nehmen, das ich zitiere, weil es so absurd ist. Die Zimmer, in denen ich wohne, gehörten einer vornehmen alten Frau, die mehr als zwanzig Jahre lang meine Vermieterin war. Sie und ich waren gute Freunde, tatsächlich hat sie sich um mich gekümmert wie eine Mutter, und als ich so krank war, hat sie mich gestillt, wie es vielleicht nur wenige Mütter getan hätten. Doch während ich auf der Straße zusah , kam sie plötzlich vorbei und mit Entsetzen sah ich, dass sie mich all die Jahre lang ausgeraubt und mir leider viele Dinge gestohlen hatte, Geld, Schmuck und Essen. Oft hatte ich mit ihr darüber diskutiert, wohin diese Gegenstände möglicherweise gegangen sein könnten, bis sich schließlich der Verdacht auf den Mann richtete, der die Fenster putzte. Ja, und das Schlimmste von allem war, dass er strafrechtlich verfolgt wurde und ich gegen ihn aussagte oder vielmehr ihre Aussage verstärkte, woraufhin der Richter ihn für einen Monat ins Gefängnis schickte.

"Oh! Frau Smithers", sagte ich zu ihr, „wie *konnten* Sie das tun, Frau Smithers?"

Sie blieb stehen und sah sich voller Angst um, so dass mir das Herz schmerzte und ich hastig hinzufügte: „Haben Sie keine Angst, Mrs. Smithers; Ich vergebe dir."

„Ich kann Sie nicht sehen, Sir", rief sie, zumindest träumte ich davon, „aber da! Ich wusste immer, dass du es tun würdest."

„Ja, Mrs. Smithers", antwortete ich; „Aber wie wäre es mit dem Fensterputzer, der ins Gefängnis kam und seine Situation verlor?"

Dann ging sie weiter oder wurde weggezogen, ohne eine Antwort zu geben.

Jetzt kommt der seltsame Teil der Geschichte. Als ich am nächsten Morgen in meinem Zimmer aufwachte, erfuhr ich von der verängstigten Haushälterin, dass Mrs. Smithers tot in ihrem Bett aufgefunden worden sei. Außerdem erfuhr ich ein paar Tage später von einem Anwalt, dass sie ein Testament gemacht hatte, das mir alles hinterließ, was sie besaß, einschließlich der Pacht ihres Hauses und fast 1000 Pfund, denn sie war ihr ganzes langes Leben lang eine sparende alte Person gewesen.

Nun, ich suchte diesen Fensterputzer auf und entschädigte ihn großzügig, indem ich sagte, ich hätte festgestellt, dass ich mich in meinen Aussagen gegen ihn geirrt hatte. Den Rest des Eigentums habe ich behalten, und ich hoffe, dass es nicht falsch von mir war, dies zu tun. Man wird sich daran erinnern, dass ein Teil davon bereits mir gehörte und vorübergehend in einen anderen Kanal umgeleitet wurde, und für den Rest habe ich so viele, denen ich helfen kann. Ehrlich gesagt gebe ich nicht viel für mich selbst aus.

DER HASE

Jetzt habe ich mit mir selbst, oder besser gesagt mit meiner eigenen unbedeutenden gegenwärtigen Geschichte, Schluss gemacht und bin zu der des Hasen gekommen. Es hat mich damals, das ist noch gar nicht so lange her, sehr beeindruckt, so sehr, dass ich Jorsen die Fakten mitgeteilt habe . Er befahl mir, sie zu veröffentlichen und was Jorsen anordnet, was zu tun sei. Ich weiß nicht, warum das so sein sollte, aber es ist so. Er verfügt über eine Autorität, die ich nicht definieren kann.

Eines Nachts nach den üblichen Bestrebungen und der Konzentration des Geistes, die übrigens nicht immer erfolgreich sind, gelangte ich in einen Zustand, den Okkultisten Geist nennen, und andere einen Traumzustand. Auf jeden Fall befand ich mich am Rande der Großen Weißen Straße, so nah an den mächtigen Toren, wie es mir jemals erlaubt ist. Wie weit das entfernt sein mag, kann ich nicht sagen. Vielleicht sind es nur ein paar Meter und vielleicht ist es die Breite dieser großen Welt, denn an dem Ort, den mein Geist besucht, gibt es weder Zeit noch Entfernung. Dort sind alle Dinge neu und seltsam, nach unseren Maßstäben nicht zu rechnen. Dort ist das Sehen nicht unser Sehen, noch das Hören unser Gehör. Ich wiederhole, dass alle Dinge unterschiedlich sind, aber diesen Unterschied kann ich nicht beschreiben, und wenn ich könnte, würde er sich als unverständlich erweisen.

Dort saß ich am Rande der Großen Weißen Straße, mein Blick war auf die Tore gerichtet, über denen sich kilometerweit Türme erheben, deren Umrisse sich vor der alles umgebenden Düsternis mit dem Glanz der Welt jenseits der Welten abzeichneten. Viereckig stehen sie, diese Türme, und vierfach die Tore, die sich den Bewohnern anderer Erden öffnen. Aber darüber weiß ich nichts, abgesehen davon, dass es in meinen Visionen so ist.

Ich saß am Rande der Straße, meine Augen waren hoffnungsvoll auf die Tore gerichtet, obwohl ich genau wusste, dass sich diese Hoffnung niemals erfüllen würde, und sah zu, wie die Toten vorbeizogen.

Es waren viele an diesem Abend. Im Osten wütete eine Seuche, die Tausende entfesselte. Die Leute, die es freiließ , waren mir fremd, die in diesem besonderen Leben England selten verlassen haben, und ich studierte sie mit Neugier; vornehmen, dunkelhäutigen Menschen mit einer geduldigen Ausstrahlung. Das Wissen, das ich mir mitgeteilt habe, ist, dass es sich allesamt um sehr alte Seelen handelte, die diesen Weg schon oft und oft gegangen waren und daher, obwohl sie es noch nicht wussten, gut an die Reise gewöhnt waren. Nein, ich irre mich, denn hier und da wusste es jemand. Tatsächlich hielt eine wehmütige kleine Frau mit tiefem Blick, die ein Baby auf dem Arm trug, einen Moment inne und sprach mit mir.

„Die anderen können dich nicht so sehen wie ich", sagte sie. „Priester der Königin der Königinnen, ich kenne dich gut; Hand in Hand stiegen wir über die sieben Treppen zu den Altären des Mondes hinauf."

„Wer ist die Königin der Königinnen?" Ich fragte.

„Hast du sie von den hundert Namen vergessen, deren Schleier wir einen nach dem anderen hoben? die, deren Brust Schönheit und deren Augen Wahrheit waren? In einem kommenden Tag werden Sie sich daran erinnern. Lebe wohl, bis wir diesen Weg nicht mehr gehen."

„Bleiben – wann haben wir uns kennengelernt?"

„Als unsere Seelen jung waren", antwortete sie und verschwand aus meinem Blickfeld wie ein Schatten vom Meer.

Nach dem Osten kamen viele andere aus allen Teilen der Erde. Dann erschien plötzlich eine Gruppe von etwa sechshundert Menschen jeden Alters und mit englischem Aussehen. Sie waren nicht so ruhig wie die meisten, die diese Reise machen. Als ich ein paar Tage später die Zeitung las, verstand ich, warum. Ein großes Passagierschiff war plötzlich mitten im Meer gesunken und sie wurden alle unvorbereitet abgeschnitten.

Als diese, gefolgt von ein paar Nachzüglern, vorbeikamen und sich im roten Schatten unter den Tortürmen versammelten und auf den Ruf warteten, geschah etwas Ungewöhnliches. Für einige Momente blieb die Straße ziemlich leer. Nach diesem letzten großen Schlag schien sich der Tod auf seinen Lorbeeren auszuruhen. Als er so unbewohnt war, sah er wie ein sehr ausgedehnter Ort aus, der einem riesigen gewölbten Damm ähnelte, der auf beiden Seiten von Schwärze begrenzt war, aber selbst mit einem merkwürdigen Phosphoreszenzlicht schimmerte, wie ich es ein- oder zweimal in den Wassern eines nächtlichen Sommermeeres gesehen habe.

Mitten in dieser erleuchteten Trostlosigkeit, als ich noch weit weg war, fiel mir plötzlich etwas auf, etwas, das für den Ort so fremdartig und völlig fremd war, dass ich es aufmerksam beobachtete und mich fragte, was es sein könnte . Näher und näher kam es mit neugierigen, unsicheren Sprüngen; ja, ein kleiner brauner Gegenstand, der hüpfte.

„Nun", sagte ich zu mir selbst, „wenn ich nicht dort wäre, wo ich bin, würde ich sagen, dass das Ding dort ein Hase war." Aber was würde ein Hase auf der Großen Weißen Straße tun? Wie könnte ein Hase den Weg der ewigen Seelen beschreiten? Ich muss mich irren."

So dachte ich nach, während das Ding weiter hüpfte, bis mir klar wurde, dass ich entweder unter Wahnvorstellungen litt oder dass es ein Hase war; tatsächlich einen besonders schönen Hasen, ganz ähnlich wie den, den eine Freundin meiner alten Vermieterin, Mrs. Smithers, ihr einst als Weihnachtsgeschenk aus Norfolk geschickt hatte und den ich aß.

Ein paar weitere Sprünge brachten es in die entgegengesetzte Richtung zu meinem Beobachtungsposten. Hier blieb es stehen, als ob es mich sehen würde. Auf jeden Fall setzte er sich auf die wachsame Art und Weise auf , wie Hasen sie haben, die Vorderpfoten lächerlich vor sich herabhängend, mit einem Ohr, auf dem sich ein grauer Fleck befand, schief und einem schleifend, und schnüffelte mit seinen lustigen kleinen Nüstern. Dann begann es mit mir zu reden. Ich meine nicht, dass es wirklich sprach, aber die Gedanken, die in seinem Kopf waren, wurden mir eingeblendet, so dass ich es perfekt verstand, ja, und sie auf die gleiche Weise beantworten konnte. Es sagte oder dachte so: –

"Du bist echt. Du bist ein Mann, der noch unter der Sonne lebt, obwohl ich nicht weiß, wie du hierher gekommen bist. Ich hasse Männer, wie alle Hasen, denn Männer sind grausam zu ihnen. Dennoch ist es ein Trost, an diesem seltsamen Ort etwas zu sehen, das man schon einmal gesehen hat, und sogar mit einem Mann sprechen zu können, was ich nie tun konnte, bis die Veränderung kam, die schreckliche Veränderung – ich meine, wegen der Art und Weise, wie sie geschah. „Und es schien zu zittern. "Darf ich Ihnen einige Fragen stellen?"

„Sicherlich", sagte ich bzw. dachte zurück.

„Bist du sicher, dass sie dich nicht so wütend machen, dass du mir weh tust?"

„Ich kann dir nichts tun, selbst wenn ich es gewollt hätte. Du bist kein Hase mehr, falls du jemals einer warst, sondern nur noch der Schatten eines Hasen."

"Ah! Das habe ich mir auch gedacht, und das ist jedenfalls gut so. Sag mir, Mann, bist du jemals von Hunden in Stücke gerissen worden?"

"Ach du meine Güte! NEIN."

„Oder gejagt oder gejagt, oder in einer Falle gefangen, oder über den ganzen Rücken geschossen, oder in Netzen verdreht und in Schlingen erstickt? Oder bist du aufs Meer geschwommen, um leichter zu sterben, oder hast du miterlebt, wie dein Partner, deine Mutter und dein Vater getötet wurden?"

„Nein, nein. Bitte hör auf, Hase; Ihre Fragen sind sehr unangenehm."

„Nicht halb so unangenehm wie die Dinge selbst, das kann ich Ihnen versichern, Mann. Wenn Sie möchten, erzähle ich Ihnen meine Geschichte. dann können Sie es selbst beurteilen. Aber sagen Sie mir bitte zuerst, warum ich hier bin. Hast du an diesem Ort noch mehr Hasen gesehen?“

„Niemals, noch andere Tiere. Nein, ich irre mich, einmal habe ich einen Hund gesehen.“

Der Hase sah sich besorgt um.

"Ein Hund. Wie schrecklich! Was hat es gemacht? Jagd? Wenn es hier keine Hasen gibt, was könnte es sein, dass sie jagen? Ein Kaninchen oder ein Fasan mit gebrochenem Flügel oder vielleicht ein Fuchs? Es würde mir nicht so viel ausmachen, wenn es ein Fuchs wäre. Ich hasse Füchse; Sie fangen junge Hasen, wenn sie schlafen, und fressen sie.“

„Nichts davon. Mir wurde gesagt, dass es einem kleinen Mädchen gehörte, das gestorben war. Das brach ihm das Herz, so dass es auch starb, als man es in einer Kiste einsperrte. Deshalb durfte sie sie hierher begleiten, weil sie es so sehr geliebt hatte. Tatsächlich sah ich sie zusammen, beide sehr glücklich, und gemeinsam gingen sie durch diese Tore.“

„Wenn Hunde kleine Mädchen lieben, warum lieben sie dann nicht auch Hasen, zumindest so, wie alles geliebt werden möchte, denn der Hund wollte doch das kleine Mädchen nicht fressen, oder? Ich sehe, du kannst mir nicht antworten. Möchtest du jetzt, dass ich dir meine Geschichte erzähle? Etwas in mir sagt, dass ich es tun soll, wenn Sie mir zuhören; Außerdem ist genügend Zeit vorhanden, denn ich werde im Moment nicht gesucht, und wenn ich es bin, kann ich viel schneller zu diesen Toren rennen, als du es könntest.“

„Es würde mir sehr gefallen, Hase. Einst hörte ein Prophet einen Esel sprechen, um ihn zu warnen. Aber seitdem hat, soweit ich weiß, außer sehr, sehr selten in Träumen, kein Lebewesen mehr mit einem Menschen gesprochen. Vielleicht möchtest du mich oder andere durch mich vor etwas warnen, wie der Esel Bileam warnte.“

„Wer ist Bileam? Ich habe noch nie von Bileam gehört. Er war doch nicht der Mann, der mit dem Eselskarren tote Fasane holt, oder? Wenn ja, habe ich gesehen, wie er den Arsch zum Reden brachte – mit einem dicken Stock. NEIN? Nun, egal, ich glaube, ich würde ihn nicht verstehen, wenn du es mir sagen würdest. Nun zu meiner Geschichte.“

Dann setzte sich der Hase hin, pflanzte seine Vorderpfoten fest vor sich auf, wie es diese Tiere tun, wenn sie Wache haben, blickte zu mir auf und begann, den Inhalt seines Geistes in meinen zu ergießen.

Ich wurde geboren, hieß es, oder vielmehr sagte es mir die Gedankenübertragung, auf einem Maisfeld in der Nähe eines großen Waldes. Zumindest vermute ich, dass ich dort geboren wurde, obwohl ich mich als Erstes daran erinnere, wie ich mit zwei anderen Kleinen meiner Größe, einem Bruder und einer Schwester, die mit mir geboren wurden, im Weizen spielte. Es war nachts, denn ein großes, rundes, leuchtendes Ding, von dem ich jetzt weiß, dass es der Mond war, hing am Himmel über uns. Wir tobten zusammen und waren sehr glücklich, bis plötzlich meine Mutter kam – ich erinnere mich, wie groß sie aussah – und mir mit der Pfote Handschellen anlegte, weil ich die anderen von der Stelle weggeführt hatte, an der sie uns gesagt hatte, dass wir anhalten sollten, und ihr einen großen Tritt gab Jagen Sie, um uns zu finden. Das ist das Erste, woran ich mich von meiner Mutter erinnere. Danach schien es ihr leid zu tun, weil sie mich verletzt hatte, und stillte uns alle drei, sodass ich die meiste Milch bekam. Meine Mutter liebte mich immer am meisten von uns, weil ich so ein hübsches kleines Mädchen war, mit einem hübschen grauen Fleck auf dem linken Ohr. Gerade als ich mit dem Trinken fertig war, kam ein anderer Hase, der mein Vater war. Er war sehr groß, hatte ein glänzendes Fell und große, leuchtende Augen, die immer alles zu sehen schienen, auch wenn es sich hinter ihm befand.

Er hatte wegen irgendetwas Angst und drängte meine Mutter und uns Kleinen aus dem Weizenfeld in den großen Wald, an den es grenzt. Als wir das Feld verließen , sah ich zwei große Kreaturen, von denen ich später erfuhr, dass sie Männer waren. Sie legten Drahtnetze rund um das Feld an – wissen Sie, ich verstehe jetzt, worum es bei all diesen Dingen ging, obwohl ich es damals natürlich noch nicht wusste. Die beiden Enden des Drahtgeflechts waren fast zusammengekommen. Es blieb nur noch eine kleine Lücke, durch die wir rennen konnten. Ein anderer junger Hase, vielleicht auch ein Kaninchen, hatte sich darin verfangen, und einer der Männer schlug ihn mit einem Stock zu Tode. Ich erinnere mich, dass mir beim Klang seiner Schreie kalt wurde, denn so etwas hatte ich noch nie zuvor gehört, und dies war das erste Mal, dass ich Schmerz und Tod sah.

Der andere Mann sah uns durchschlüpfen und rannte mit seinem Stock auf uns zu. Meine Mutter ging zuerst und entkam ihm. Dann kam meine Schwester, dann ich, dann mein Bruder. Mein Vater war der Letzte. Der Mann schlug mit seinem Stock zu, und der Stock fiel neben mir herab und berührte knapp mein Fell. Er schlug erneut zu und brach das Vorderbein meines Bruders. Trotzdem gelang es uns allen, in den Wald zu gelangen, außer meinem Vater, der dahinter war.

„Da ist der alte Bock!" rief einer der Männer (ich verstehe jetzt, was er sagte, obwohl es mir damals nichts bedeutete). „Schlag ihm auf den Kopf!"

Also ließen sie uns in Ruhe und rannten auf ihn los. Aber mein Vater war viel zu schnell für sie. Er stürzte zurück in den Mais und gesellte sich anschließend zu uns in den Wald, denn er hatte schon einmal Draht gesehen und wusste, wie er ihm entkommen konnte. Trotzdem hatte er schreckliche Angst und zwang uns, bis zum nächsten Abend im Wald zu bleiben und erlaubte meiner Mutter nicht einmal, zu ihrer Form auf die raue Weide auf der anderen Seite zu gehen und dort oben zu liegen.

Außerdem waren wir in Schwierigkeiten, weil die Vorderpfote meines Bruders gebrochen war. Es bereitete ihm große Schmerzen, so dass er weder Ruhe noch Schlaf finden konnte. Nach einer Weile besserte sich das Ganze jedoch einigermaßen, aber er konnte nie so schnell rennen wie wir und wurde auch nicht so groß. Am Ende tötete ihn die Fuchsmutter, wie ich noch erzählen werde.

Meine Mutter fragte meinen Vater, was die Männer mit den Stöcken machten – denn viele Tiere können auf ihre eigene Art miteinander reden, auch wenn sie unterschiedlicher Art sind. Er erzählte ihr, dass sie den Weizen schützen würden, um uns daran zu hindern, ihn zu essen, worauf sie wütend antwortete, dass Hasen irgendwie überleben müssten, besonders wenn sie Junge zum Aufziehen hätten. Mein Vater antwortete, dass Männer offenbar nicht so denken, und vielleicht hätten sie auch junge Kinder. Ich verstehe jetzt, dass mein Vater ein philosophischer Hase war. Aber hast du meine Geschichte satt?

„Überhaupt nicht", antwortete ich; "mach bitte weiter. Es ist sehr interessant, Dinge aus der Sicht des Tieres beschrieben zu hören, besonders wenn das Tier weise geworden ist und gelernt hat, zu verstehen."

„Ah", antwortete der Hase. "Ich verstehe was du meinst. Und es ist seltsam, aber ich verstehe es. Mir ist alles klar geworden. Ich weiß nicht, was geschah, als ich starb, aber es kam zu einer Veränderung, und ich wusste, dass ich, der ich nur ein Tier war, immer ein notwendiger Teil von allem war und immer noch bin, genauso wie du, wenn auch hilfloser und bescheidener. Ja, ich bin so alt und weitreichend wie du, aber wie ich begann und wie ich enden werde, ist mir dunkel. Nun, ich werde mit meiner Geschichte fortfahren."

Es muss ungefähr einen Mond später gewesen sein, als meine Mutter es aufgegeben hatte, mich zu stillen, als ich mich alleine hinlegte. Auf dem Hügel stand ein großes Haus mit Blick auf das Meer und in der Nähe befanden sich Gärten, die von einer Mauer umgeben waren. Außerhalb dieser Mauer befand sich auch ein weiteres Stück Garten, in dem Kohl wuchs. Ich fand einen Weg zu diesen Kohlköpfen und hielt ihn geheim, denn ich war gierig und wollte sie alle für mich haben. Ich schlich mich nachts immer hinein und aß sie, außerdem einige Blumen mit stacheligen Blättern, die um sie herum wuchsen und einen sehr feinen Geschmack hatten . Dann, als die Morgendämmerung kam, ging ich zu einer Gestalt, die ich unter einem Ginsterbusch an dem Hang gemacht hatte, der zum Meer hinunterführte, und schlief dort.

Eines Tages wurde ich von etwas Weißem, Hartem und Rundem geweckt, das sanft rollte und immer noch ganz in meiner Nähe anhielt. Es war nicht lebendig, obwohl es einen seltsamen Geruch hatte, und ich fragte mich, warum es sich überhaupt bewegte. Plötzlich hörte ich Stimmen und da erschien ein kleiner Mann und mit ihm jemand, der kein Mann war, weil er anders gekleidet war und mit höherer Stimme sprach. Ich sah, dass sie Stöcke in der Hand hatten und dachte daran, wegzulaufen, da es sicherer wäre, ganz in der Nähe zu liegen. Sie kamen auf mich zu und der kleine Mann sagte:

„Da ist der Ball; Nimm es, Ella, die Lüge ist zu schade."

Sie, ich weiß jetzt, dass es ein sogenanntes Mädchen war, bückte sich, um zu gehorchen, und blickte mir in den Rücken.

„Tom", sagte sie flüsternd, „hier ist ein junger Hase in seiner Form."

„Geh aus dem Licht", antwortete er, „und ich werde es töten", und er hob den Stock, den er hielt und der ein verdrehtes Eisenende hatte.

„Nein", sagte sie, „fang es lebendig; Ich möchte, dass ein Hase ein Freund meines Kaninchens ist, das alle seine Kleinen verloren hat."

„Hast du sie verloren? Du meinst, ich habe sie gegessen, weil du immer hingegangen bist und es angestarrt hast", sagte Tom. „Wo ist das Leveret? Oh! Ich verstehe. Jetzt pass auf!"

Einen Moment später befand ich mich in der Dunkelheit. Tom hatte sich auf mich geworfen und packte mich mit seinen Händen. Ich wäre fast entkommen, aber als mein Kopf unter seinem Arm hervorragte, packte das Mädchen ihn.

"Oh! „Es kratzt", schrie sie, so wie ich es mit aller Kraft tat. „Warte, Tom, warte!"

„Halten Sie es", sagte Tom, „mein Gesicht ist voller Ginsterstacheln." Sie hielt sie fest, und bald half er ihr, bis ich am Ende in ein Taschentuch gefesselt und getragen wurde, von dem ich nicht wusste, wohin. Tatsächlich war ich fast wahnsinnig vor Angst.

Als ich zu mir kam , stellte ich fest, dass ich mich in einer Art Drahtseil befand, das übel roch, als ob Hunderte von Dingen jahrelang darin gelebt hätten. Am Ende des Auslaufs befand sich ein Stall, in dem eine riesige Hase saß, fast so groß wie meine Mutter, ein wild aussehendes Tier mit langen gelben Zähnen. Ich hatte Angst vor dem Kaninchen und entfernte mich so weit ich konnte von ihm. Plötzlich sprang es heraus und sah mich an.

"Was machst du hier?" es fragte. „Kannst du nicht reden? Nun, es spielt keine Rolle. Wenn ich hungrig werde, esse ich dich! Hörst du das? Ich werde dich fressen, wie alle anderen auch", und es zeigte seine großen gelben Zähne und hüpfte zurück in den Stall.

Danach kamen Tom und das Mädchen und gaben uns reichlich Futter, das der große Hase fraß, denn ich konnte nichts anrühren. Zwei Tage lang kamen sie, und dann, glaube ich, haben sie uns ganz vergessen. Ich wurde sehr hungrig und sättigte mich nachts mit einigen Resten des Essens, zum Beispiel mit abgestandenen Kohlblättern. Am nächsten Morgen war alles weg und auch das große Kaninchen wurde hungrig. Den ganzen Tag hüpfte es umher, beschnupperte mich und zeigte seine gelben Zähne.

„Ich werde dich heute Abend essen", hieß es.

Voller Angst rannte ich um den Pferch herum, bis ich schließlich eine Stelle fand, an der Ratten unter dem Draht gearbeitet hatten, der fast groß genug war, dass ich mich hindurchzwängen konnte, aber nicht ganz.

Die Sonne ging unter und die große Hase kam heraus.

„Jetzt werde ich dich essen", hieß es, „so wie ich alle anderen gegessen habe. Ich habe Hunger, sehr großen Hunger", und er stieß mich mit der Nase herum und drehte mich um.

Schließlich stieß es mit einem kleinen Quietschen seine großen gelben Zähne in meinen Hintern. Oh! wie sie weh tun! Ich war in der Nähe des Rattenlochs. Ich stürzte mich darauf, scharrend und zappelnd. Das große Kaninchen stürzte sich mit seinen Vorderpfoten auf mich und versuchte, mich festzuhalten, aber zu spät, denn ich war fertig und ließ einen Teil meines Fells zurück. Ich bin gerannt, wie ich gerannt bin! ohne anzuhalten, bis ich schließlich meine Mutter auf der Weide am Wald fand und ihr alles erzählte.

"Ah!" Sie sagte: „Das kommt aus Gier und dem Versuch, zu schlau zu sein." Jetzt lernen Sie vielleicht, zu Hause aufzuhören."

Das habe ich lange getan.

Der Sommer verging, ohne dass etwas Besonderes passierte, außer dass mein Bruder mit dem lahmen Fuß von der Fuchsmutter gefressen wurde. Dieses große rote Tier streifte immer umher und überraschte uns nachts auf einem Feld in der Nähe des Waldes, wo wir einige schöne Rüben fraßen. Der Rest von uns entkam, aber mein Bruder war lahm und nicht schnell genug.

Der Fuchs fing ihn und ich hörte, wie ihre scharfen weißen Zähne in seine Knochen knirschten. Von dem Geräusch wurde mir ziemlich schlecht und meine Mutter war danach sehr traurig. Sie beklagte sich bei meinem Vater über die Grausamkeit der Füchse, aber er, der, wie ich bereits sagte, ein Philosoph war, antwortete ihr fast mit ihren eigenen Worten.

„Füchse müssen leben, und dieser hat Junge zum Füttern und ist daher immer hungrig. „Drei davon liegen in einem Loch oben im Wald", bemerkte er. „ Auch unser Sohn war lahm und wäre mit Sicherheit gefangen worden, als die Jagd begann."

„Was ist mit der Jagd?" Ich fragte.

„Macht nichts", sagte mein Vater scharf. „Zweifellos werden Sie es rechtzeitig herausfinden, vorausgesetzt, Sie überleben die Schießerei."

„Was ist los mit der Schießerei?" Ich fing an, aber mein Vater gab mir eine Handschelle auf den Kopf und ich schwieg.

Ich kann Ihnen sagen, dass meine Mutter den Verlust meines Bruders bald verwunden hat, denn gerade zu dieser Zeit hatte sie vier neue kleine Kinder, danach schienen weder sie noch mein Vater mehr an uns zu denken. Meine Schwester und ich hassten diese Kleinen. Wir zwei allein erinnerten uns an meinen Bruder und fragten uns manchmal, ob er schon längst verschwunden war oder eines Tages zurückkommen würde. Ich bin froh, sagen zu können, dass der Fuchs in eine Falle geraten ist. Zumindest bin ich jetzt nicht froh – ich war froh, weil ich, wie Sie wissen, so große Angst vor ihr hatte.

DAS SHOOTING

Ich war eines Morgens ganz in der Nähe, als der Fuchs, der hinter mir herschnüffelte, vermutlich weil er meinen Bruder so sehr gemocht hatte, in der großen Falle gefangen war, die kunstvoll mit Erde bedeckt und mit einem Zeug geködert war, das fürchterlich stank . Ich erinnere mich, dass es meinen eigenen Hinterbeinen sehr ähnlich sah. Da der Fuchs mich nicht finden konnte, ging er zu diesem Dreck und versuchte ihn zu fressen.

Dann gab es plötzlich eine schreckliche Aufregung. Der Fuchs jaulte und flog in die Luft. Ich sah, dass ein großes schwarzes Ding schnell auf seiner Vorderpfote war. Wie dieser Fuchs hüpfte und rollte! Es war ganz wunderbar, sie zu sehen. Sie sah aus wie eine große gelbe Kugel, abgesehen von vielen weißen Flecken am Kopf, die ihre Zähne darstellten. Doch die Falle ließ sich nicht lösen, denn sie war mit einer Kette an einer Wurzel befestigt.

Schließlich wurde der Fuchs müde und begann im Liegen nachzudenken, wobei er sich beim Nachdenken die Pfote leckte und eine Art stöhnendes Geräusch von sich gab . Als nächstes begann es an der Wurzel zu nagen, nachdem es die Kette ausprobiert und festgestellt hatte, dass seine Zähne nicht hineinpassten. Während er das tat , hörte ich irgendwo im Wald das Geräusch eines Mannes. Das tat auch der Fuchs, und oh! es sah so verängstigt aus. Es legte sich keuchend nieder, die Zunge heraushängend und die Ohren an den Kopf gedrückt, und bewegte seinen großen Schwanz hin und her. Dann begann es erneut zu nagen, dieses Mal jedoch an seinem eigenen Bein. Es wollte es abbeißen und so entkommen. Ich fand das sehr mutig von dem Fuchs, und obwohl ich ihn hasste, weil er meinen Bruder gefressen hatte und versuchte, mich zu fressen, tat es mir ziemlich leid.

Als der Mann kam, war das Bein bereits zur Hälfte durchdrungen. Ich erinnere mich, dass er eine Katze mit einem kleinen roten Halsband um den Hals und eine Eule in der Hand hatte, beide tot, denn er war Giles, der Oberaufseher, der um seine Fallen ging. Er war ein großer Mann mit sandfarbenem Schnurrbart und rauer Stimme und trug eine einläufige Waffe unter dem Arm.

Sehen Sie, jetzt, wo ich tot bin, kenne ich den Nutzen dieser Dinge, genauso wie ich alles verstehe, was gesagt wurde, obwohl es damals natürlich keine Bedeutung für mich hatte. Dennoch stelle ich fest, dass ich vom Anfang bis zum Ende meines Lebens nichts vergessen habe, kein einziges Wort.

Der Hüter, der auf dem Weg zu der Stelle war, wo er die Tiere, die er nicht mochte, zu Dutzenden auf Pfähle nagelte, schaute nach unten und sah den

Fuchs. "Oh! „Meine Schönheit“, sagte er, „also habe ich dich endlich. Halten Sie sich nicht für schlau, wenn Sie versuchen, das Bein abzubeißen? Du hättest es auch getan, nur dass ich gerade noch rechtzeitig gekommen bin. Nun, gute Nacht, altes Mädchen, du wirst keine meiner Fasane mehr haben.“

Dann hob er die Waffe. Es gab einen schrecklichen Lärm, und der Fuchs rollte herum und blieb still liegen.

„Da bist du ja, alles ordentlich und aufgeräumt, meine Liebe“, sagte der Tierpfleger. „Jetzt muss ich dich einfach in dem hohlen Baum verstecken, bevor der alte Grampus vorbeischleicht und dich sieht, denn wenn er es täte, wäre es fast so viel wert, wie mein Platz wert ist.“

Als nächstes setzte er seinen Fuß auf die Falle, öffnete sie und packte den Fuchs an den Vorderbeinen, um ihn wegzutragen. Die Katze und die Eule steckte er in eine große Tasche seines Mantels.

„Jemima! „Stinken Sie nicht ganz“, sagte er und stieß dann einen schrecklichen Schrei aus.

Der Fuchs war schließlich nicht ganz tot, er war nur scheinbar tot. Auf jeden Fall bekam es Giles' Hand in den Mund und ließ seine Zähne durch das Fleisch bohren.

Jetzt fing der Wärter an, herumzuspringen, genau wie der Fuchs, als er seine Pfote in die Falle steckte, schrie und sagte alles Mögliche, was ich hier irgendwie nicht wiederholen sollte. Mit dem Fuchs an seiner Hand ging er immer wieder im Kreis herum, wie es Hasen tun, wenn sie zusammen tanzen, denn er konnte ihn sowieso nicht los. Schließlich stürzte er in eine Pfütze aus Schlamm und Wasser, und als er völlig durchnässt wieder aufstand, sah ich, dass der Fuchs wirklich tot war . Aber es war beißend gestorben, und jetzt weiß ich, dass es ihm sehr gefallen hat.

In diesem Moment kam der Mann, den der Wärter Grampus genannt hatte. Er war ein großer, dicker Mann mit sehr rotem Gesicht, der beim schnellen Gehen eine Art blasendes Geräusch machte. Ich weiß jetzt, dass er der Herr aller anderen Männer an diesem Ort war, dass er in dem Haus mit Blick auf das Meer lebte und dass der Junge und das Mädchen, die mich mit dem gelbzahnigen Kaninchen untergebracht hatten, seine Kinder waren. Er war das, was die Bauern „einen erstklassigen Allround-Sportler“ nannten, was bedeutet: „Mein Freund – aber wie heißt du?“

"Oh! Mahatma“, antwortete ich risikofreudig.

„Das bedeutet, mein Freund Mahatma, dass er den größten Teil des Jahres damit verbracht hat, niedere Tiere wie mich zu töten. Ja, er verbrachte ganze acht der zwölf Monate damit, uns auf die eine oder andere Weise zu töten, denn wenn es in seinem eigenen Land kein Töten mehr gab, reiste er in andere und tötete dort. Er tötete sogar Tauben aus einer Falle oder junge Saatkrähen, die gerade aus ihren Nestern geschlüpft waren, oder Ratten in einem Stapel oder Spatzen im Efeu, anstatt überhaupt nichts zu töten. Ich habe gehört, wie Giles das zu dem Unterhalter sagte und ihn „einen regelrechten Schlächter" und „einen echten Engländer" nannte.

„Dennoch, mein Freund Mahatma, sage ich im Lichte der Wahrheit, die zu mir gekommen ist, dass Grampus seinem Wissen nach ein guter Mann war. So verbrachte er die wenige Zeit, die er vom Sport übrig hatte, damit, seinen Brüdern zu helfen, indem er sie ins Gefängnis schickte. Obwohl er natürlich nie arbeitete oder etwas verdiente, war er sehr reich, weil ihm Geld von anderen Menschen zufloss, die sehr reich gewesen waren, aber schließlich gezwungen waren, diesen Weg zu gehen, und es nicht mitbringen konnten. Wenn sie es hätten mitbringen können, hätte Grampus sicher nie welche bekommen. Er bekam es jedoch und half vielen Menschen mit dem Teil davon, den er seiner Meinung nach nicht für sich selbst ausgeben konnte. Er war ein sehr guter Mann, nur dass es ihm gefiel, uns niedere Geschöpfe zu töten, die er mit seinem Geld großgezogen hatte, um getötet zu werden.

„Mach weiter mit deiner Geschichte, Hase", sagte ich; „Wenn ich diesen rotgesichtigen Mann sehe , werde ich selbst über ihn urteilen. Wahrscheinlich hast du Vorurteile ihm gegenüber."

„Das glaube ich", antwortete der Hase und rieb sich die Nase. „Aber bitte beachten Sie, dass ich nicht unfreundlich über Grampus spreche, obwohl Sie, bevor ich das getan habe, vielleicht denken, dass ich Grund dazu haben könnte. Allerdings werden Sie sich Ihre eigene Meinung bilden können, wenn er hierher kommt, was er sicher noch viele, viele Jahre lang nicht tun wird. Die Welt ist viel zu bequem für ihn. Er möchte es nicht verlassen."

„ Trotzdem könnte er dazu verpflichtet sein, Hase."

"Oh! Nein, solche Leute sind nie verpflichtet, etwas zu tun, was ihnen nicht gefällt. Es sind nur arme Dinge wie du und ich, Mahatma, die leiden müssen. Ich kann sehen, dass Sie viel zu ertragen hatten, und ich auch, denn wir wurden zum Leiden geboren, wie der Rotgesichtige Mann zum Glück geboren wurde."

„Mach weiter mit deiner Geschichte, Hase", wiederholte ich. „Du wirst metaphysisch und daher langweilig. Die Zeit ist knapp und ich möchte hören, was passiert ist."

„Ganz richtig, Mahatma. Nun, Grampus kam hoch, atmete sehr schwer und sah sehr rot im Gesicht aus. In der einen Hand hielt er seinen Hut und in der anderen einen großen, krummen Stock, und sogar sein Scheitel, auf dem keine Haare wuchsen, war rot, denn er war gerannt.

„Was zum Teufel ist los?" er schnaufte. "Oh! Du bist es, Giles, oder? Was machen Sie, mein Herr, wenn Sie so aussehen, ganz mit Blut und Schlamm bedeckt? Hat dich ein Wilderer erschossen, oder was?"

„Nein, Squire", antwortete Giles demütig und berührte seinen Hut. „Ich habe einen Wilderer erschossen, das ist alles, und es hat mir was gegeben", und er hob den Körper des Fuchses aus dem Wasser.

„Ein Fuchs", sagte Grampus, „ein Fuchs! Willst du damit sagen, Giles, dass du es gewagt hast, einen Fuchs und eine Füchsin mit einer Sänfte zu erschießen? Wie oft habe ich dir gesagt, dass du, obwohl ich Weihen und keine Fuchshunde halte, niemals einen Fuchs berühren darfst. Du wirst mir Ärger mit all meinen Nachbarn einbringen . Ich gebe Ihnen eine Frist von einem Monat. Du wirst an diesem Tag im Monat abreisen."

„Sehr gut, Squire", sagte Giles, „ich gehe und hoffe, dass Sie jemanden finden , der Ihnen besser dienen kann. In der Zwischenzeit habe ich den verdammten Fuchs nicht erschossen. Zumindest habe ich sie erst erschossen, nachdem sie gegangen war und sich in eine Falle tappte, die ich dem Pfarrerhund dort gestellt hatte, mit dem ich, wie Sie mir gesagt hatten, heimlich davonkommen sollte, damit die junge Dame nie erfuhr, was daraus wurde und weinen und viel Aufhebens machen, wie sie es beim letzten Mal getan hat. Als ich dann sah, dass sie mit halb abgebissenem Bein fertig war, schoss ich auf sie, oder besser gesagt, ich schoss nicht so gut, wie ich sollte, denn der Bettler drehte sich um, als ich schoss, und jetzt hat sie mich mitten in den Bauch gebissen Hand. Ich hoffe nur, dass Sie meine Witwe dafür nicht bezahlen müssen, Squire, nach dem Gesetz, da Füchsebisse ungewöhnlich giftig sind, besonders wenn sie faule Kaninchen gefressen haben."

"Liebe mich!" sagte der Mann mit dem roten Gesicht und wurde sanfter. „Meine Güte, das Biest scheint dich sehr schlimm gebissen zu haben. Sie müssen gehen und sich mit einem glühenden Eisen kauterisieren lassen. Es ist schmerzhaft, aber das Beste, was man tun kann. In der Zwischenzeit lutsch es, Giles, lutsch es! Ich vermute, das wird das Gift herausziehen, und wenn nicht, danke ich meinen Sternen! Ich bin versichert. Schauen Sie, ein oder zwei Minuten können keinen Unterschied machen, denn wenn Sie vergiftet sind, sind Sie vergiftet. Wo können wir dieses Tier unterbringen? Für zehn Pfund würde ich es nicht sehen lassen."

„Es gibt einen alten Pollard, Squire, etwa fünf Meter weiter unten in der Nähe des Zauns, der hohl und praktisch ist", sagte Giles.

„Ganz recht", antwortete er, „ich weiß es gut. Bringst du den Hund mit, Giles? Denken Sie daran, es war ein Hund, kein Fuchs."

Dann gingen sie zum Pollard, und als Giles' Hand verletzt war, kletterte der Rotgesichtige Mann hinauf, obwohl Giles versuchte, ihn daran zu hindern.

„Nun, Giles", sagte er, „gib mir den Fuchs – ich meine den Hund, und ich werde ihn fallen lassen." Großer Himmel! wie dieser Baum stinkt. Gab es hier eine Erde?"

„Soweit ich weiß , nicht , Squire", sagte Giles mürrisch.

Grampus streckte seine Hand in die Mulde des Kopfes und zog einen verwesenden Fuchs am Schwanz hoch.

„Giles", sagte er, „du hast noch mehr Füchse getötet und sie in diesem Baum versteckt. Giles, ich entlasse dich sofort und ohne einen Monatslohn."

„In Ordnung, Sir", sagte Giles, „ich gehe und ich bete , dass Sie jemanden finden, der Ihre Hasen, die Sie haben müssen, und Ihre Fasane, die Sie haben müssen, und Ihre Rebhühner, die Sie haben müssen, hält." , ohne diese Schädlinge von Füchsen zu töten, was frisst das Ganze."

Der rotgesichtige Mann stieg vom Baum herab, hielt sich die Nase und sah Giles an. Giles saugte an seiner blutenden Hand und sah ihn an.

„Füchse sind sehr zerstörerische Tiere", sagte der Mann mit dem roten Gesicht zu Giles, „besonders wenn man schießt und Weihen hält."

„Das sind sie, Sir", sagte Giles zu dem rotgesichtigen Mann, „da nur diese wissen, was mit ihnen zu tun hat."

„Legen Sie den anderen hinein, Giles", sagte der Mann mit dem roten Gesicht, „und wenn Sie Zeit haben, werfen Sie etwas Erde auf das Grundstück. Dieser Ort stinkt fürchterlich. Und sieh mal, Giles", fügte er mit donnernder Stimme hinzu, „sollte ich dich jemals dabei erwischen, wie du auf diesem Grundstück einen Fuchs tötest, wirst du sofort entlassen, wie ich dir schon oft gesagt habe. Verstehst du?"

„Ja, Squire, ich verstehe", antwortete Giles, „und ich werde dafür sorgen, dass sie noch am selben Nachmittag begraben werden, wenn der Schmerz in meiner Hand es zulässt."

„Sehr gut", sagte der Mann mit dem roten Gesicht, „das ist erledigt – bis auf die Jungen." Da du die Füchsin getötet hast, solltest du die Jungen besser aus der Erde stechen. Ich gehe davon aus, dass sie alt genug sind, um für sich selbst zu sorgen – zumindest hoffe ich es. Und jetzt, Giles, müssen wir einige dieser Hasen schießen, wenn wir nächste Woche mit der Rebhühnerjagd beginnen. Es sind zu viele davon, beschweren sich die Mieter, so undankbare Bettler sie auch sind, da ich sie für ihren Spaß behalte."

Zu diesem Zeitpunkt dachte ich, dass ich genug gehört hatte, und entfernte mich, als sie sich abwandten. Denn, Freund Mahatma, ich hatte gerade einen Fuchsschuss gesehen, und jetzt wusste ich, was Schießen bedeutete.

Ungefähr eine Woche später wusste ich es noch besser. So kam es. Zu diesem Zeitpunkt waren die von mir erwähnten Rüben, die auf dem großen Feld wuchsen, zu feinen, großen Zwiebeln mit belaubten Spitzen angewachsen. Wir aßen sie nachts und lagen tagsüber in unseren gemütlichen Körpern zwischen ihnen. Du weißt, Mahatma, nicht wahr, dass eine Form eine kleine Mulde ist, die ein Hase in den Boden macht, nur um hineinzupassen? Kein Hase schläft gerne in der Gestalt eines anderen Hasen. Verstehst du?"

„Ja", antwortete ich, „ich verstehe. Es wäre, als würde ein Mann die Stiefel eines anderen Mannes tragen."

„Ich weiß nichts über Mahatma-Stiefel, außer dass es harte Dinger mit Eisen darauf sind, die einen aus der Fassung bringen, wenn man zu nahe sitzt. Das ist mir einmal passiert. Nun, meine Gestalt befand sich unter einer besonders schönen Rübe, die unter den grünen Blättern einige tote Blätter hatte. Ich habe mich dafür entschieden, weil sie, genau wie die braune Erde, einfach zur Farbe meines Rückens passten . Ich schlief dort ganz tief und fest, als meine Schwester kam und mich weckte.

„Auf dem Feld sind Männer", sagte sie und ihr fielen vor Angst fast die Augen aus dem Kopf, denn sie war immer sehr schüchtern.

"Ich bin weg."

"Bist du?" Ich antwortete. „Nun, ich denke, ich werde hier anhalten, wo ich nicht bemerkt werde. Wenn wir anfangen, über diese Rüben zu springen , werden sie uns sehen."

„Vielleicht rennen wir die Reihen entlang und halten die Ohren nah am Rücken", bemerkte sie.

„Nein", sagte ich, „es gibt zu viele kahle Stellen."

In diesem Moment knallte in einiger Entfernung eine Waffe; und meine Schwester huschte wie ein kluger Hase mit voller Geschwindigkeit zum Wald. Aber ich machte mich nur kleiner als sonst und lag da und beobachtete und lauschte.

Es gab viel zu sehen und zu hören; So rannte zum Beispiel ein Schwarm Rebhühner, lästige Vögel, die kratzend und unruhig herbeikamen, wenn man schlafen wollte, in großer Sorge hin und her .

„Sie sind hinter uns her", sagte der alte Hahn.

„Ich erinnere mich an dasselbe letztes Jahr. Komm schon.

„Wie soll ich es schaffen, mich um all diese jungen Menschen zu kümmern?" antwortete die Henne. „Warum, wenn sie einmal verstreut sind , werde ich sie nie wieder finden."

„Ganz wie du willst, du weißt es am besten", sagte der Hahn. „Auf Wiedersehen", und er flog davon, während seine Frau und die anderen ein Stück weit davonliefen, zerstreut und hockten.

Als ich plötzlich über meine Schultern blickte, ohne den Kopf zu drehen, wie es ein Hase kann, sah ich eine Reihe von Männern auf mich zukommen. Da war der Mann mit dem roten Gesicht, den Giles hinter seinem Rücken Grampus und vor seinem Gesicht Squire nannte. Da war Giles selbst, seine verletzte Hand gefesselt, er hielt eine Art Stock mit einem Schlitz darin, an dem viele tote Rebhühner hingen, deren Hälse im Schlitz steckten. Einer von ihnen war nicht tot oder wieder zum Leben erwacht, denn er flatterte mit dem Stock und versuchte wegzufliegen. Er hielt diese in der gefesselten Hand und in der anderen, oh, Entsetzen! war ein toter Hase, der aus der Nase blutete. Es sah meiner Mutter ungewöhnlich ähnlich, aber ob es so war oder nicht, konnte ich nicht ganz sicher sein. Zumindest haben meine Schwester und ich sie von diesem Tag an nie wieder gesehen. Ich nehme an, du hast sie nicht getroffen, als du diese große weiße Straße heraufkamst, oder, Mahatma?

„Nein, nein", antwortete ich ungeduldig, „ich habe dir bereits gesagt, dass du der erste Hase bist, den ich jemals auf der Straße gesehen habe. Bitte machen Sie mit Ihrer Geschichte weiter, sonst werden sich die Lichter ändern und die Tore geöffnet werden, bevor ich ihr Ende höre."

Gerade als ich sie sah , dachte ich daran wegzulaufen, aber der Anblick erschreckte mich so sehr, dass ich mich nicht rühren konnte. Siehst du, Mahatma, ich habe meine Mutter wirklich so sehr geliebt, wie ein Hase alles lieben kann, und das ist ein gutes Geschäft.

Nun, wer war deiner Meinung nach außer Giles? Dieser schreckliche Junge, Tom, auch mit einer Waffe in der Hand. Habe ich gesagt, dass sie alle Waffen hatten, außer Giles und ein paar Schlägermännern, nur dass Toms Waffe einläufig war ? Dann gab es andere, die ich nicht zu beschreiben brauche, die sich nach links und rechts ausstreckten, und am schlimmsten war vielleicht Giles' großer schwarzer Hund, ein albern aussehendes Biest, das immer sein Maul offen zu haben schien und dessen Zunge heraushing, und mit einem großen Schwanz wedeln wie der des Fuchses , nur schwarz und zottiger.

Während ich zusah, erhob sich das alte Rebhuhn und eines seiner Jungen und flog auf mich zu. Der rotgesichtige Mann hob seine Waffe und feuerte einmal, zweimal, und zuerst kam die Rebhuhnmutter und dann das Junge herunter. Ich habe vergessen zu erwähnen, dass Tom auch auf das alte Rebhuhn geschossen hat, das ganz in meiner Nähe tot umfiel und viele Federn in der Luft schwebte. Als es fiel, schrie Tom auf:

„Das habe ich getötet, Vater."

Das machte den Mann mit dem roten Gesicht sehr wütend.

„ Du junger Schurke", sagte er, „wie oft habe ich dir gesagt, du sollst nicht auf meine Vögel vor meiner Nase schießen? Kein Sportler schießt auf die Vögel eines anderen, und was das Töten angeht, waren Sie nur wenige Meter unter dem Ding. Wenn du es noch einmal tust , schicke ich dich nach Hause."

„Tut mir leid, Vater", sagte Tom und fügte mit leiser Stimme und einem Kichern hinzu, „ich habe es doch getötet." Papa glaubt, niemand außer ihm selbst kann ein Rebhuhn treffen."

In diesem Moment sprang mein Vater in die Nähe von Giles und sprang vor den rotgesichtigen Mann, etwa zwanzig Meter von ihm entfernt.

„Mark Hase!" schrie Giles, und Grampus, der Tom immer noch finster anstarrte und noch nicht ganz damit fertig war, die Patronen in seine Waffe zu schieben, klappte sie hastig zu und feuerte erst einen Lauf und dann den anderen ab. Aber mein Vater, der sehr schlau war, sprang beim ersten Schuss in die Luft und duckte sich beim zweiten, so dass er verfehlt wurde; Zumindest nehme ich an, dass er deshalb vermisst wurde.

Giles grinste und der rotgesichtige Mann sagte: „Verdammt!" Was bedeutet „verdammt", Mahatma? Es war ein sehr beliebtes Wort des Rotgesichtigen, aber selbst jetzt kann ich es nicht ganz verstehen."

„Das kann ich auch nicht", antwortete ich. "Mach weiter."

„Als nächstes lief mein armer Vater vor Tom her, der ebenfalls schoss und ihn in die Hinterbeine traf, so dass er immer wieder in den Rüben herumrollte und um sich schlug und schrie. Hast du jemals einen Hasen schreien gehört, Mahatma?"

„Ja, ja, es macht ein schreckliches Geräusch wie ein Baby."

„Ich habe dir dieses Mal das Auge abgewischt, Dad", rief Tom mit jubelnder Stimme.

„Ich weiß nicht, wie man mir das Auge abwischt", antwortete sein Vater und wurde ganz rot vor Wut, „aber ich wünschte, du wärst so gut, Thomas, und schießt meinen Hasen nicht hinterher, damit sie diesen grässlichen Krach machen, der sie aufregt." Ich" (ich denke, dass der Mann mit dem roten Gesicht von Grund auf wirklich nett war) „und verwöhnt sie für den Markt. Wenn Sie einen Hasen von vorne nicht treffen können, verfehlen Sie ihn wie ein Gentleman."

„Wie du es tust, Dad", sagte Tom und kicherte erneut. „In Ordnung, ich werde es versuchen."

„Giles", brüllte Grampus und tat so, als würde er es nicht hören, „schicken Sie Ihren Hund und holen Sie den Hasen." Ich kann sein Kreischen nicht ertragen."

Da stürmte dieser große schwarze Hund herbei und erwischte meinen armen Vater mit seinem großen Maul, obwohl er versuchte, sich auf seinen Vorderpfoten davonzuschleppen, und danach schloss ich meine Augen.

Dann standen viele Rebhühner auf und es gab lautes Knallen, obwohl die meisten von ihnen übersehen wurden. Das machte den Mann mit dem roten Gesicht wütender als je zuvor. Er nahm seinen Hut ab, schwenkte ihn und brüllte:

„Rufen Sie Ihren brutalen Hund zurück, Giles. Rufen Sie es sofort zurück, oder ich erschieße es."

Also rief Giles: „Nigger. Komm schon, Nigger! Nigg , Nigg , Nigg !"

Aber der Nigger rannte umher und stellte überall Rebhühner auf, während Opa stampfte und schrie und jeder alles verpasste, bis Tom sich schließlich auf die Rüben setzte und vor Lachen brüllte.

Schließlich, nachdem Giles Nigger so weit geschlagen hatte , dass er einen Stock über ihm zerbrach, was ihn fürchterlich aufheulen ließ, wurde die Ordnung wiederhergestellt, und nachdem sich die Linie neu formiert hatte, begann sie auf mich loszumarschieren. Denn, Mahatma, ich hatte solche Angst vor dem, was meinem Vater und meiner Mutter widerfahren war, dass ich mich nicht daran erinnerte, was er, ich meine mein toter Vater, mir gesagt hatte, ich solle immer weglaufen, wenn es eine Chance gibt , da sich arme Hasen nur durch Flucht schützen können.

Da ich die Chance verpasst hatte, dachte ich, ich würde einfach still sitzen und hoffen, dass sie mich nicht sehen würden. Das würden sie auch nicht tun, wenn dieser schreckliche Tom nicht gewesen wäre.

Während des Durcheinanders hatten alle außer Tom die Rebhuhnmutter vergessen, die der Rotgesichtige Mann erschossen hatte. Tom war sich nämlich sicher, dass er es selbst erschossen hatte, da er ein sehr eigensinniger Junge war, und war entschlossen, es als sein Eigentum zurückzuholen.

Jetzt war das Rebhuhn nur noch einen Meter von mir entfernt, sein Schnabel und seine Krallen zeigten zum Himmel, und als die Linie an der Stelle vorbei war, an der wir lagen, blieb Tom zurück, um danach zu suchen. Er hat es damals nicht gefunden, ob er es später jemals gefunden hat, weiß ich sicher nicht. Aber er hat mich gefunden.

"Von Jove! „Hier ist ein Hase", sagte er und packte mich, genau wie er es im Ginsterbusch getan hatte.

Nun, ich bin gegangen. Tom schoss, als ich nicht mehr als vier Meter von ihm entfernt war, und die ganze Ladung ging wie eine Kugel zwischen meinen Hinterbeinen hindurch und schlug auf dem Boden unter meinem Bauch ein, wobei ein solcher Regen aus Erde und Steinen auf mich herabschleuderte, dass ich direkt umgeworfen wurde.

„Ich habe es geschafft!" schrie Tom, während er eine weitere Patrone in seine einläufige Waffe stopfte .

Als es beladen war, war ich schon dreißig Meter entfernt und bewegte mich wie der Wind. Tom hob die Waffe.

„Nicht schießen!" brüllte der rotgesichtige Mann.

„Pass auf, Junge!" brüllte Giles.

Ich rannte zwischen zwei Rübenreihen hindurch und stieß plötzlich mit einem Jungen zusammen, der sich bückte, vermutlich um ein Rebhuhn aufzuheben. Auf jeden Fall sein Schwanz – „ nennen Sie ihn seinen Schwanz, Mahatma?"

„Das reicht", antwortete ich.

„Nun, sein Schwanz war auf mich gerichtet; es sah sehr rund und glänzend aus. Der Schuss aus Toms Waffe traf ihn überall. Ich wünschte, sie wären alle hineingegangen, aber da er so weit entfernt war, verstreute sich die Ladung und sechs der Kugeln trafen mich. Oh! sie haben wehgetan. Lege deine Hand auf meinen Rücken, Mahatma, und du wirst die sechs Beulen spüren, die sie unter den grauen Haarbüscheln gebildet haben, die über ihnen gewachsen sind, denn sie sind immer noch da."

Ich vergaß, dass wir unterwegs waren, und streckte meine Hand aus. aber natürlich ging es ziemlich durch den Hasen, obwohl ich die sechs kleinen grauen Büschel deutlich genug sehen konnte.

„Du bist dumm, Hase; Du erinnerst dich nicht daran, dass dein Körper nicht hier ist, sondern woanders."

„Ganz wahr, Mahatma. Wenn es hier wäre , könnte ich nicht mit dir reden, oder? Tatsächlich habe ich jetzt keinen Körper mehr. Es ist – oh, egal wo. Dennoch kann man die grauen Büschel sehen, oder? Nun, ich hoffe nur, dass dieser Schuss dem dicken Jungen halb so wehgetan hat wie mir. Nein, ich meine nicht, dass ich es jetzt hoffe, ich habe es früher gehofft."

Meine Güte! hat er nicht geschrien, viel schlimmer als mein Vater, als seine Beine gebrochen waren? Und haben nicht alle anderen gebrüllt und geschrien, und habe ich nicht getanzt? Ich ging direkt über den dicken Jungen hinweg, der gestürzt war, bis zum Ende des Feldes, dann war ich so verwirrt vor Schock und dem brennenden Schmerz, dass ich wieder ganz nah bei ihnen war.

Aber jetzt schoss niemand mehr auf mich, weil sie alle dachten, der Junge sei getötet worden, und sich um ihn versammelt hatten, mit sehr feierlicher Miene. Nur ich sah, dass der Mann mit dem roten Gesicht Tom am Hals packte und ihn heftig trat.

Danach sah ich nichts mehr, denn ich lief fünf Meilen, bevor ich anhielt, und legte mich schließlich in einem kleinen Sumpf nahe der Küste nieder, zu der mich meine Mutter einst mitgenommen hatte. Mein Rücken brannte wie Feuer und ich versuchte, ihn im weichen Matsch abzukühlen.

DAS COURSING

Es verging ein ziemlicher Mond, bis ich mich von Toms Schuss erholt hatte. Zuerst dachte ich, dass ich sterben würde, denn obwohl glücklicherweise keiner meiner Knochen gebrochen war, waren die Schmerzen in meinem Rücken fürchterlich . Als ich versuchte, die Qual durch Reiben an den Wurzeln zu lindern, wurde es nur noch schlimmer, denn das Fell fiel ab und hinterließ Wunden, auf denen sich Fliegen niederließen. Ich konnte kaum essen und schlafen und wurde so dünn, dass mir die Knochen fast durchs Fell ragten. Tatsächlich wollte ich unbedingt sterben, konnte es aber nicht. Im Gegenteil, nach und nach erholte ich mich, bis ich schließlich wieder ganz stark war und wie andere Hasen, bis auf die sechs kleinen grauen Büschel auf meinem Rücken und ein Loch im rechten Ohr.

Die ganze Zeit hatte ich im Sumpf am Meer gelebt, aber als ich wieder zu Kräften kam , dachte ich an mein altes Zuhause, zu dem mich etwas zu ziehen schien. Außerdem gab es in der Nähe des Sumpfes keine Rüben, und als der Winter kam, fand ich dort nur sehr wenig Essbares. Also reiste ich eines Tages, oder besser gesagt einer Nacht, zurück nach Hause.

Zufälligerweise war der erste Hase, den ich in der Nähe des großen Waldes traf, meine Schwester. Sie freute sich sehr, mich zu sehen, obwohl sie vergessen hatte, wie wir uns trennten, und als ich von unserem Vater und unserer Mutter sprach, schien sie das nicht zu interessieren. Dennoch lebten wir von da an mehr oder weniger bis zu ihrem Ende zusammen.

Eines Tages – das war, nachdem wir uns im großen Wald niedergelassen hatten, wie es Hasen im Winter oft tun – kam es zu großer Unruhe. Als wir versuchten, bei Tageslicht hinauszugehen, um zu fressen, fanden wir überall kleine Feuer, die brannten, und in ihrer Nähe Jungen, die sich schlugen und schrien. Also gingen wir zurück in den Wald, wo die Fasane in bester Stimmung hin und her rannten .

Einige Stunden später, als die Sonne ziemlich hoch stand, begannen die Männer herumzumarschieren und in großer Entfernung wurden Dutzende Schüsse abgefeuert. Außerdem fiel ein verwundeter Hahnenfasan in unsere Nähe und flatterte davon, wobei er ein seltsames Geräusch in seiner Kehle machte. Es sah sehr lustig aus, als es auf einem Bein mit aufgerissenem Schnabel und zwei gebrochenen langen Schwanzfedern dahinstolperte.

„Ich weiß, was das ist", sagte ich zu meiner Schwester. „Lass uns verschwinden, bevor sie uns erschießen. Ich habe es satt, erschossen zu werden."

Also machten wir uns auf den Weg und rannten an einem Jungen an seinem Feuer vorbei, der schrie und einen Stock nach uns warf. Doch wie es geschah, befanden sich an den Grenzen des Grundstücks des Rotgesichtigen Mannes Wilderer, die wussten, dass an diesem Tag der Schießerei Hasen aus dem Wald kommen würden, und hatten sich auf uns vorbereitet, indem sie Drahtschlingen in die Lücken gelegt hatten die Hecken, durch die wir liefen. Ich bin in eines davon geraten, habe es aber geschafft, es abzuschütteln. Meine Schwester hatte nicht so viel Glück, denn ihr Kopf steckte in einem anderen. Sie trat und riss, aber je mehr sie sich wehrte, desto fester zog sich die Schlinge.

Ich beobachtete sie eine Weile, bis einer der Wilderer mit einem Stock auf sie zustürmte.

Dann ging ich weg, weil ich es nicht ertragen konnte, sie zu Tode geprügelt zu sehen, und das war das Ende meiner Schwester. Jetzt war ich also der Einzige, der von unserer Familie noch am Leben war, außer vielleicht einigen jüngeren Brüdern, die ich nicht kannte, obwohl ich glaube, dass einer von ihnen später von Giles erschossen wurde. Er bewegte sich immer wieder und lag so still da, als hätte er sich in seinem ganzen Leben nie bewegt. Der Tod scheint eine sehr wunderbare Sache zu sein, Mahatma, aber ich werde dich nicht fragen, was er ist, weil ich sehe, dass du keine Antwort darauf geben kannst.

Danach passierte mir lange Zeit nichts. Tatsächlich hatte ich die beste Zeit meines Lebens und wurde sehr stark und groß, ja, der stärkste und größte Hase, den ich je gesehen habe, und auch der schnellste Fuß. Zweimal wurde ich von Hunden gejagt; einmal von Giles' schwarzem Tier Nigger und einmal von dem eines Hirten. Als ich herausfand, dass ich ohne Anstrengung sofort vor ihnen davonlaufen konnte, begann ich, Hunde zu verachten. Ah! Damals wusste ich noch nicht, dass es viele verschiedene Rassen dieser Tiere gibt.

Eines Tages mitten im Winter, als das Wetter sehr mild und offen war, lag ich auf der rauen Grasfläche, von der ich gesprochen habe und die an ein flaches Stück Moorland grenzt. Auf diesem Moorgebiet wuchsen im Sommer hohe Farne, doch inzwischen waren diese abgestorben und vom Wind abgerissen worden. Plötzlich erwachte ich aus meinem Schlaf und sah eine Reihe von Männern auf mich zukommen und reiten.

Es waren Pächter und andere, die, obwohl die eigentliche Jagdsaison in unserer Nachbarschaft noch nicht begonnen hatte , von Grampus gebeten wurden, zu kommen, um ihre Windhunde auf seinem Land auszuprobieren. Die meisten von ihnen, die zu Fuß gingen, hielten zwei lange, schlanke Hunde an einer Leine, während ein oder zwei tote Hasen trugen. Es waren schrecklich aussehende Hasen, die am ganzen Körper gebissen zu sein schienen; Zumindest waren ihre Mäntel nass und kaputt. Ich schauderte bei ihrem Anblick und war mir sicher, dass ich einer neuen Art von Folter ausgesetzt werden würde.

Neben den Männern zu Fuß gab es auch Pferde zu Pferd, unter denen ich den Rotgesichtigen Mann und meinen Feind, den schrecklichen Tom, erkannte . Die meisten anderen waren sogenannte Bauern, die sehr glücklich und aufgeregt wirkten und von Zeit zu Zeit etwas aus kleinen Fläschchen tranken, die sie sich gegenseitig reichten. Giles war nicht da. Jetzt weiß ich, dass das daran lag, dass er das Hetzen hasste, bei dem Hasen getötet wurden. Hasen, dachte er, waren darauf aus, erschossen und nicht gejagt zu werden.

Während ich zusah und überlegte, was ich tun sollte, ertönte ein Ruf: „Da ist sie!" und all die langen Hunde begannen an ihren Fäden zu ziehen. Von den Hälsen zweier von ihnen schienen die Halsbänder zu fallen, und sie sprangen davon und verfolgten einen Hasen . Die Männer auf den Pferden galoppierten hinter ihnen her, aber die Männer zu Fuß blieben, wo sie waren.

Jetzt hatte ich Angst, aufzustehen und zu rennen, damit sie die anderen Hunde nicht auf mich loslassen könnten, also lag ich still, bis ich plötzlich den Hasen auf mich zukommen sah, gefolgt von den beiden Hunden, deren Nasen fast seinen Schwanz berührten . Es war erschöpft und versuchte, sich zu drehen und nach rechts wegzuspringen. Doch dabei fing es einer der Hunde im Maul auf und biss es, bis es starb.

„Das war ein mieser Hase", sagte Tom, der gerade herangaloppierte, „er gab überhaupt keinen Kurs."

„Ja", schnaufte Grampus. „Ich hoffe, dass die nächste Sendung besseren Sport zeigt."

„Das hoffe ich auch", antwortete Tom, „vor allem, weil Jack und Jill an der Reihe sind, ausgerutscht zu werden, und sie sind die besten Windhunde im Umkreis von zwanzig Meilen."

Dann gab der Mann mit dem roten Gesicht einige Befehle und Jack und Jill wurden von dem Mann, dessen Aufgabe es war, die Hunde auszuschlüpfen, nach vorne gebracht. Einer davon war schwarz und einer gelb; Ich glaube, Jack war der Schwarze – ein schreckliches, heimlich aussehendes Biest mit einer weißen Schwanzspitze, die in einer Art Locke endete.

„Jetzt vorwärts", sagte Grampus, „und geh langsam." In diesem rauen Gras wird es bestimmt noch ein oder zwei Kätzchen geben."

Im nächsten Moment war ich auf und weg, und bevor man zwölf zählen konnte, waren Jack und Jill hinter mir her. Ich sah sie auf ihren Hinterbeinen stehen und an der Schnur zerren. Dann fielen die Halsbänder von ihnen und sie sprangen vorwärts wie das Licht. Mein Gedanke war, zum Wald zurückzukehren, der etwa eine Minute hinter mir lag, aber ich wagte es nicht, mich umzudrehen und dorthin zu gehen, weil die Menschenschlange lang war und ich durchqueren musste, wenn ich das versuchte. Also rannte ich direkt auf das Moorgebiet zu und hoffte, dort abbiegen und den Wald auf der anderen Seite erreichen zu können, obwohl dies eine lange Reise bedeutete.

Eine Zeit lang ging es mir gut, und nach einem guten Start begann ich zu hoffen, dass ich diesen Tieren entkommen würde, da ich den Schäferhund und den Retriever hatte. Aber ich kannte Jack und Jill nicht. Gerade als ich den Rand des Moores erreichte, hörte ich das Trampeln ihrer Füße hinter mir, und als ich zurückblickte, sah ich, wie sie näherkamen, ungefähr so weit entfernt, wie ich von Tom entfernt war, als er auf mich schoss.

Sie liefen ziemlich dicht beieinander und hinter ihnen galoppierten der Richter und andere Männer. Hier gab es einen Zaun und ich bin durch ein Loch darin gestürmt. Die Windhunde sprangen hinüber und verloren mich für einen Moment aus den Augen, denn ich hatte mich umgedreht und rannte neben den Zaun. Aber Tom, der durch eine Lücke gekommen war, sah mich und wedelte schreiend mit dem Arm, und im nächsten Moment sahen mich auch Jack und Jill.

Da der Weg am Zaun unruhig war, ging ich ins offene Moor, versuchte jedoch immer, mich nach links zu wenden, in der Hoffnung, den Schutz des Waldes zu finden.

Wir gingen weiter wie der Wind, und jetzt waren Jack und Jill ziemlich dicht hinter mir, doch bevor sie dort ankamen , gelang es mir, sie zu umkreisen, sodass mein Kopf schließlich auf den Wald zeigte, der mehr als eine halbe Meile entfernt war. Ihre Geschwindigkeit war größer als meine und ich wusste, dass ich bald eingeholt werden musste.

Schließlich waren sie nicht mehr als zwei Meter hinter mir, und zum ersten Mal drehte ich mich so, dass sie über mich hinausschossen, was mir einen weiteren Schrecken einjagte . Dreimal kamen sie hoch und dreimal riss oder verdrehte ich sie. Der Wald war jetzt nicht mehr so weit entfernt, aber ich war fast erschöpft.

Was sollte ich tun! Was sollte ich tun! Ich sah links ein Büschel Stechginster, ein großes und dickes Büschel, und erinnerte mich, dass dort ein Hase lief. Ich erreichte es gerade, als Jill auf mir saß, und wieder einmal verloren sie mich für eine Weile aus den Augen, während sie starrend und springend um die Gruppe herumliefen. Als sie mich auf der anderen Seite wieder sahen, war ich dreißig Meter vor ihnen und der Wald war vielleicht zweihundertfünfzig Meter entfernt. Aber jetzt konnte ich nur noch langsamer laufen, denn mein Herz schien zu platzen, obwohl Jack und Jill zum Glück auch müde wurden. Dennoch kamen sie bald hoch, und jetzt muss ich mich alle paar Meter umdrehen, sonst würde ich in ihren Kiefern gefangen werden.

Ich kann dir nicht sagen, was ich gefühlt habe, Mahatma, und bis du von Windhunden gejagt wurdest, wirst du es nie erfahren. Es war schrecklich. Dennoch gelang es mir, mich zu drehen und zu springen, so dass Jack und Jill mich immer knapp verfehlten. Die Bauern auf den Pferden lachten, als sie meine verzweifelten Sprünge und Anstrengungen sahen.

Aber Tom konnte nicht nur lachen. Als er bemerkte, dass ich dem Wald schon ziemlich nahe kam, ritt er zwischen mir hindurch und versuchte, mich ins Freie zu bringen, denn er wollte mich töten sehen.

„Tu das nicht! Das ist nicht sportlich", schrie der Mann mit dem roten Gesicht. „Gib dem armen Tier eine Chance."

Ich weiß nicht, ob er gehorchte oder nicht, denn gerade in diesem Moment machte ich meinen letzten Doppelschlag und spürte, wie Jills Zähne durch das Fell meines Hinterleibs schnitten, und hörte, wie sie schnappten. Ich war Jill ausgewichen, aber Jack war direkt bei mir und der Wald war noch zwanzig Meter entfernt.

Ich konnte mich nicht mehr drehen, es war nur die Frage, wer von uns zuerst dort ankommen konnte. Ich nahm alle meine verbliebenen Kräfte zusammen, denn ich war wahnsinnig, wahnsinnig vor Schrecken, und sprang vorwärts.

Nachdem ich Jack kam, spürte ich seinen heißen Atem an meiner Flanke. Ich bin über den Graben gesprungen, ja, ich habe die Kraft gefunden, über den Graben zu springen, wo ein Kaninchen direkt am Stamm einer jungen Eiche vorbeilief. Jack sprang mir nach; wir müssen beide gleichzeitig in der Luft gewesen sein . Aber ich überstand den Hasenlauf, während Jack mit seiner scharfen Nase gegen den Baumstamm schlug und sich das Genick brach. Ja, er fiel tot in den Graben.

Ich kroch ein paar Meter weiter bis zu einem dicken Haufen und hockte mich hin, denn ich konnte mich keinen Zentimeter mehr rühren. So kam es, dass ich sie alle auf der anderen Seite reden hörte.

Einer von ihnen sagte, ich sei der beste Hase, den er je gejagt habe. Andere, die Jack aus dem Graben gezerrt hatten, beklagten seinen Tod, besonders der Besitzer, der schwor, dass er 50 Pfund wert sei, und Tom misshandelte. Tom, sagte er, habe dafür gesorgt, dass er getötet wurde – ich weiß nicht wie, aber ich vermute, weil er vorwärts geritten war und versucht hatte, mich umzudrehen. Der rotgesichtige Mann schimpfte auch mit Tom. Dann fügte er hinzu:

„Nun, ich bin froh, dass sie davongekommen ist, denn eines Tages wird sie uns einen guten Lauf mit den Geländeläufern ermöglichen. Ich werde diesen Hasen immer wieder an den weißen Flecken auf seinem Rücken erkennen; Außerdem ist es das größte, das ich seit langem gesehen habe. Kommt schon, meine Freunde, der Hund ist tot und damit ist Schluss. Zumindest hatten wir einen guten Morgensport, also lasst uns in die Halle gehen und etwas zu Mittag essen.“

Der Hase hielt einen Moment inne, blickte dann auf seine komische Art zu mir auf und fragte:

„Hast du jemals Hasen behandelt, Mahatma?“

„Ich nicht, Gott sei Dank“, antwortete ich.

„Na, was haltet Ihr vom Coursing?“

„Das würde ich lieber nicht sagen“, antwortete ich.

„Dann werde ich es tun“, sagte der Hase voller Überzeugung. „Ich finde es schrecklich.“

„Ja, aber, Hase, du erinnerst dich nicht an die Freude, die dieser Sport den Männern und Hunden bereitet; man betrachtet es aus einem völlig egoistischen Blickwinkel.“

„Und du würdest es auch tun, Mahatma, wenn du Jacks heißen Atem auf deinem Rücken und Jills Zähne in deinem Schwanz gespürt hättest.“

DIE JAGD

Der Hase saß eine Zeit lang still da, während ich mich damit beschäftigte, bestimmte Schatten zu beobachten, die auf der Großen Weißen Straße an uns vorbeiströmten. Unter ihnen war der eines Politikers, den ich auf der Welt sehr bewundert hatte. In diesem Land der Wahrheit war es für mich betrübt, bestimmte Eigenschaften an ihm zu beobachten, die ich noch nie zuvor vermutet hatte. Es schien mir leider! dass er in seiner alltäglichen Karriere nicht so stark von einem einmütigen Wunsch nach dem Wohl unseres Landes beeinflusst gewesen sei, wie er es verkündet hatte und was ich geglaubt hatte. Ich vermutete sogar, dass seine eigenen Interessen manchmal seine Politik beeinflusst hatten.

Er ging vorbei und hinterließ für mich einen etwas schmerzhaften Eindruck, von dem ich in der Gesellschaft des offenherzigen Hasen Erleichterung suchte.

„Nun", sagte ich, „ich nehme an, dass Sie nach Ihrem Coursing-Erlebnis vor Erschöpfung gestorben sind und hierher gekommen sind."

„An Erschöpfung gestorben, Mahatma, nicht ein bisschen davon! In drei Tagen ging es mir so gut wie nie zuvor, nur viel schlauer als zuvor. Nachts ernährte ich mich auf den Feldern von allem, was ich kriegen konnte, aber tagsüber blieb ich immer im Wald. Das habe ich getan, weil ich herausfand, dass die Schießerei vorbei war und ich wusste, dass Windhunde, die auf Sicht laufen, niemals in den Wald kommen würden."

Die Wochen vergingen und die Tage begannen länger zu werden. Im Wald erschienen hübsche gelbe Blumen, die ich noch nie zuvor gesehen hatte, und ich aß reichlich davon; Sie haben einen schönen Geschmack . Dann traf ich einen anderen Hasen und liebte sie, weil sie mich an meine Schwester erinnerte. Wir spielten immer zusammen und waren sehr glücklich. „Ich frage mich, was sie jetzt tun wird, wo ich weg bin."

„Tröste dich mit jemand anderem", schlug ich sarkastisch vor.

„Nein, das wird sie nicht tun, Mahatma, weil die Hunde sie direkt vor der Round Plantation ‚gehackt' haben. Ich meine, sie haben sie gefangen und gefressen. Du denkst, dass ich mir selbst widerspreche, aber das stimmt nicht. Ich meine, ich frage mich, was sie in der Welt, in die sie gelangt ist, ohne mich tun wird, denn ich sehe sie hier nicht." Nun, ich ging zur kleinen Round Plantation, weil ich herausfand, dass Giles selten dorthin kam, und ich dachte, es wäre sicherer, aber wie sich herausstellte, machte ich einen großen Fehler. Eines Tages erschienen der rotgesichtige Mann und Tom und das Mädchen Ella und viele andere Leute auf Pferden, einige von ihnen in grünen Mänteln und mit lächerlich aussehenden Mützen auf dem Kopf.

auch, ich weiß nicht wie viele, gefleckte Hunde, deren Schwanz sich über den Rücken kräuselte, ganz im Gegensatz zu Windhunden, deren Schwanz sich zwischen den Beinen kräuselte. Außerhalb der Plantage haben diese Hunde meine zukünftige Frau gefangen und gefressen, wie ich bereits sagte. Es war ihre eigene Schuld, denn ich hatte sie davor gewarnt, dorthin zu gehen, aber sie war eine sehr eigensinnige Persönlichkeit. So wie es war, ließ sie sie nicht einmal los, denn sie waren in einer Minute um sie herum. Dann machten sie eine Art Radschlag; Ihre Köpfe befanden sich in der Mitte dieses Wagenschlags und ihre Schwänze zeigten nach oben. Genau in der Mitte befand sich meine zukünftige Frau.

Als das Rad zerbrach, war nichts von ihr übrig, außer ihrem Hinterleib, der auf dem Boden lag.

Ich hatte so viele solcher Dinge gesehen, dass ich nicht so schockiert war, wie man vielleicht annehmen würde. Schließlich könnte ein so feiner Hase wie ich immer eine andere Frau bekommen, und wie ich Ihnen bereits sagte, war sie sehr eigensinnig.

Also lag ich still und dachte, dass diese Männer und Hunde verschwinden würden.

Aber was denkst du, Mahatma? Gerade als sie losgingen, rief der Junge Tom:

„Ich sage, Dad, ich denke, wir könnten genauso gut die Round Plantation durchbrechen. Giles erzählt mir, dass der alte, gefleckte Bock hier oben liegt."

"Tut er?" sagte Grampus. „Nun, wenn ja, dann ist das der Hase, den ich sehen möchte, denn ich weiß, dass er uns eine gute Chance geben würde. Hier, Jerry" (Jerry war der Jäger), „schick die Hunde einfach an diesen Ort."

Also schickte Jerry die Hunde hinein und machte schreckliche Geräusche, um sie zu ermutigen, und natürlich kam ich heraus, da ich das Schicksal meiner zukünftigen Frau nicht teilen wollte.

"Das ist er!" kreischte Tom. „Sehen Sie sich die grauen Flecken auf seinem Rücken an."

„Ja, das hat er recht", rief der Mann mit dem roten Gesicht. „Leg sie an, Jerry, leg sie an; Uns steht jetzt ein turbulenter Lauf bevor, das gebe ich zu."

Also wurden sie angelegt und ich machte mich davon, so hart meine Beine mich trugen. Sehr bald stellte ich fest, dass ich all diese Ringelhunde weit hinter mir gelassen hatte.

"Ah!" Ich sagte mir stolz: „Diese Tiere sind keine Windhunde; Sie sind wie Giles' Retriever und der Schäferhund. Sie werden mich nie wieder sehen." Also machte ich einen Bogen, um meinen Atem zu retten, und machte mich auf den Weg zu einem Wald, der ziemlich fünf Meilen entfernt war und den ich einst von der Marsch am Meeresufer aus besucht hatte, wo ich krank lag, denn ich war sicher, dass sie mir nie dorthin folgen würden.

Du kannst dir also vorstellen, Mahatma, wie überrascht ich war, als ich mich dem Wald näherte und hinter mir das schreckliche Geräusch von Hunden hörte, die alle zusammen bellten, und als ich zurückblickte, sah ich diese gefleckten Tiere mit heraushängenden Zungen vorbeikommen ziemlich nah beieinander und nicht mehr als eine Viertelmeile entfernt.

Außerdem waren sie hinter mir her. Da war ich mir sicher, denn der erste von ihnen setzte immer wieder seine Nase auf den Boden, genau dort, wo ich gerannt war, und hob dann seinen Kopf, um zu bellen. Ja, sie kamen auf meiner Spur. Sie konnten mich riechen, wie Giles' lockiger Hund die verwundeten Rebhühner riecht. Bei dem Gedanken sank mir der Mut, aber plötzlich fiel mir ein, dass der Wald ganz in der Nähe war und dass ich ihnen dort auf jeden Fall entkommen sollte.

Also machte ich ganz munter weiter und rannte nicht einmal so schnell ich konnte. Aber wie immer war das Glück gegen mich, denn ich habe nie einen Freund gefunden. Ich lief an einer Hecke entlang, die bis ganz zum Wald reichte, ohne zu wissen, dass am Ende drei Männer damit beschäftigt waren, eine Eiche zu fällen. Siehst du, Mahatma, sie hatten die Jagd bemerkt und ihre Arbeit unterbrochen, so dass ich das Geräusch ihrer Äxte auf dem Baum nicht hörte. Da mein Kopf so nahe am Boden war, sah ich sie auch nicht, bis ich direkt bei ihnen war, und in diesem Moment sahen sie mich auch.

"Hier ist sie!" schrie einer von ihnen. „Halten Sie sie aus dem Versteck, sonst verlieren sie sie", und er streckte die Arme aus und begann herumzuspringen, genau wie die anderen beiden.

Ich blieb nur drei bis vier Meter von ihnen entfernt stehen. Dahinter waren die Hunde und die Menschen, die auf Pferden galoppierten, und vorn waren die drei Männer. Was sollte ich tun? Jetzt hatte ich genau an einem Torweg angehalten, denn am Wald entlang verlief ein Feldweg. Nach einer kurzen Pause rannte ich durch das Tor und dachte, ich würde in den dahinter liegenden Wald gelangen. Aber einer der Männer, der mich natürlich töten sehen wollte, war zu schnell für mich und stürzte mich erneut.

Dann verlor ich meine Sinne. Anstatt an ihm vorbeizulaufen und in den Wald zu springen, drehte ich mich um und rannte zurück, immer noch an der Hecke festhaltend. Als ich auf der einen Seite hinabstieg, kamen tatsächlich die Hunde und die Jäger auf der anderen Seite herauf, so dass nur ein paar Stöcke zwischen uns waren, obwohl der Wind glücklicherweise von ihnen zu mir wehte . Aus Angst, sie könnten mich sehen, sprang ich in den Graben und rannte etwa zweihundert Meter durch den Schlamm und das Wasser, die sich dort angesammelt hatten. Dann musste ich am Ende noch einmal herauskommen, aber da war ein Sturz in den Boden, sodass ich immer noch nicht gesehen wurde.

Mittlerweile hatte die Jagd die drei Männer erreicht und ich hörte sie alle miteinander reden. Am Ende erklärten die Männer, welchen Weg ich gegangen war, und noch einmal wurden die Hunde auf mich losgelassen. Eine Minute später kamen sie dort an, wo ich in den Graben gegangen war, und dort herrschte Verwirrung, weil meine Fußspuren im Wasser nicht rochen. Sie schauten sich ziemlich lange um, bis die Hunde schließlich mit weitem Wurf meinen Geruch am Ende des Grabens wieder fanden.

Während dieser Kontrolle machte ich mich auf dem besten Weg zurück zu meinem eigenen Zuhause. Tatsächlich wäre ich, wenn es nicht gewesen wäre , viel früher gefangen und in Stücke gerissen worden, als ich es war. So geschah es, dass ich schon ganze drei Meilen zurückgelegt hatte, als ich erneut die Hunde hinter mir bellen hörte. Das war gerade, als ich das Moorland erreichte, an dessen Rand, etwa drei Meilen von dem großen Haus namens Hall entfernt, das auf der Spitze einer Klippe steht, die zum Strand und zum Meer hin abfällt.

Ich hatte darüber nachgedacht, in den anderen Wald zu gehen, in den ich mich vor den Windhunden gerettet hatte, als sich das Biest Jack am Baum das Genick brach, aber es war zu weit weg und der Boden war so offen, dass ich es nicht wagte versuchen.

Also ging ich geradeaus weiter, Richtung Klippe. Noch eine Meile und sie sahen mich, denn ich hörte Tom vor Freude schreien, als er in seinen Steigbügeln auf dem schwarzen Cob aufstand, auf dem er ritt, und seine Mütze schwenkte. Jerry, der Jäger, stand ebenfalls in seinen Steigbügeln auf und schwenkte seine Mütze, und die letzte schreckliche Jagd begann.

Ich rannte – oh! wie ich gelaufen bin. Einmal, als sie fast bei mir waren , schaffte ich es, sie für eine Minute in einer Mulde aufzuhalten, indem ich mich zwischen ein paar Schafe drängte. Aber sie fanden mich bald wieder und verfolgten mich in vollem Tempo, nicht mehr als hundert Meter hinter mir. Vor mir sah ich etwas, das wie Mauern aussah, und sprang mit letzter Kraft darauf zu. Mein Herz platzte, meine Augen und mein Mund schienen voller Blut zu sein, aber der Schrecken, in Stücke gerissen zu werden, gab mir immer noch die Kraft, fast so schnell weiterzustürmen, als wäre ich gerade aus meiner Form gebracht worden. Denn wie ich dir gesagt habe, Mahatma, bin oder war ich ein sehr starker und schneller Hase.

Ich erreichte die Wände; Darin befand sich eine offene Tür, durch die ich floh und mich in einem großen Garten wiederfand. Zwei Gärtner sahen mich und schrien laut. Ich flog weiter durch einige andere Türen, durch einen Hof und in einen Gang, wo ich eine Frau traf, die einen Eimer trug, die schrie und auf den Rücken fiel. Ich sprang über sie und gelangte in einen großen Raum, wo ein langer, weiß gedeckter Tisch stand, auf dem allerlei Dinge standen, die vermutlich Männer essen. Aus diesem Raum ging ich in einen weiteren, wo eine dicke Frau mit einer Hakennase saß und etwas Weißes vor sich hielt. Ich schlüpfte unter das Ding, auf dem sie saß, und blieb dort liegen. Sie sah mich kommen und begann ebenfalls zu schreien, und plötzlich entstand draußen ein schrecklicher Lärm.

Alle gefleckten Hunde waren im Haus, bellten und bellten, und alle schrien. Dann hörten die Hunde für eine Minute auf zu schreien , und ich hörte ein lautes Klappern von Dingen, die zerbrachen, von Zähneknirschen und von dem Mann mit dem roten Gesicht, der schrie:

„Diese verfluchten Bestien essen das Jagdessen. Hol sie raus, Jerry, du Idiot! Hol sie raus! Großer Himmel! Was ist mit Ihrer Ladyschaft los? Ermordet sie jemand ?“

Ich vermute, dass sie sie nicht herausbekommen konnten, oder zumindest kamen sie alle in den anderen Raum, wo ich unter dem Sitz lag , auf dem die dicke Frau jetzt stand.

„Was ist los, Mutter?“ Ich hörte Tom sagen.

"Ein Tier!" Sie schrie. „Ein Tier unter dem Sofa!“

„In Ordnung“, sagte er, „das ist nur der Hase. Hier, Hunde, raus mit ihr, Hunde!“

Die Hunde rannten umher, einige von ihnen hatten noch große Futterklumpen im Maul. Aber sie waren verwirrt und alle landeten an den falschen Orten. Alles begann mit schrecklichem Krachen einzustürzen, die dicke Frau schrie durchdringend, und ihr Schrei war –

"China! Oh! mein Porzellan -a. John, du Elender! Helfen! Helfen! Helfen!"

Worauf der Mann mit dem roten Gesicht als Antwort brüllte:

„Sei kein höllischer Narr, Eliza-a. Ich sage, sei nicht so ein höllischer Narr.“

Außerdem gab es viele andere Geräusche, an die ich mich nicht erinnern kann, außer an eines, das ein Hund gemacht hat.

Dieser alberne Hund hatte seinen Kopf in das Loch über einem Feuer gesteckt, wie es die Stopps vor den Verstecken machen, wenn Männer schießen wollen, entweder um etwas zu verstecken oder um dort nach mir zu suchen. Als es wieder herunterfiel, weil der Rotgesichtige Mann es getreten hatte, steckte der Hund seine Pfoten ins Feuer und zog alles über den Boden. Außerdem heulte es sehr schön. In diesem Moment begann ein anderer Hund, der normalerweise das Rudel anführte, in meiner Nähe herumzuschnüffeln und steckte schließlich seine Nase unter das Zeug, das mich verbarg.

Es sprang zurück und bellte, woraufhin ich auf der anderen Seite heraussprang. Tom stürzte sich auf mich und stieß die dicke Frau von dem Ding, auf dem sie stand, herunter, so dass sie zwischen die Hunde fiel, die sie zudeckten und anfingen, sie am ganzen Körper zu beschnüffeln. Als ich von Tom wegflog , befand ich mich vor etwas hauchdünnem, hinter dem ich Gras sah. Es sah verdächtig aus, aber da nichts auf der Welt so schlimm sein konnte wie Tom, nein, nicht einmal seine Hunde, sprang ich darauf los.

Es gab einen Krach und eine scharfe Spitze schnitt mir in die Nase, aber ich befand mich draußen im Gras. Dann gab es zwanzig weitere Unfälle, und auch alle Hunde waren unterwegs, denn Tom hatte sie angefeuert. Ich rannte zum Rand des Rasens und sah einen steilen Abhang, der zum Sand und zum Meer führte. Jetzt wusste ich, was das Meer war, denn nachdem Tom mir in den Rücken geschossen hatte, lebte ich lange Zeit an ihm und schwamm einmal über einen kleinen Bach, um zu meiner Gestalt zu gelangen, von der es mich abgeschnitten hatte.

Während ich, so schnell meine schmerzenden Beine mich trugen, den Hang hinunterrannte, beschloss ich, ins Meer hinauszuschwimmen und dort zu ertrinken, denn es ist besser zu ertrinken, als in Stücke gerissen zu werden. „Aber warum lachst du, Freund Mahatma?"

„Ich lache nicht", sagte ich. „In diesem Zustand, ohne Körper, habe ich nichts zum Lachen. Trotzdem hast du recht, denn du siehst, dass ich lachen würde, wenn ich könnte. Ihre Geschichte von der dicken Dame und den Hunden und dem Porzellan ist sehr amüsant."

„Vielleicht, Freund, aber es hat mir keinen Spaß gemacht. Nichts ist amüsant, wenn man bei lebendigem Leib gefressen wird."

„ Natürlich ist es das nicht", antwortete ich. „Bitte vergib mir und mach weiter."

„Nun, ich stürzte diese Klippe hinunter, gefolgt von einigen der Hunde und Tom und dem Mädchen Ella und dem Jäger Jerry zu Fuß, und schleppte mich über den Sand, bis ich an den Rand des Meeres kam."

Genau hier stand ein Boot und daneben stand Giles, der Wärter. Er war dorthin gekommen, um der Jagd zu entgehen, die er ebenso hasste wie die

Hetzjagd. Sein Anblick beruhigte mich – ich ging ins Meer. Die Hunde wollten mir folgen, aber Jerry rief und jagte sie weg.

„Ich werde nicht zulassen, dass sie von der Strömung erfasst und ertrinkt werden“, sagte er. „Lass den von Flöhen gebissenen alten Teufel gehen, er hat schon genug Ärger gemacht.“

„Hilf mir, das Boot zu verlassen, Giles“, rief Tom. „Sie soll uns nicht schlagen; Wir müssen sie für die Hunde haben. Komm schon, Ella.“

„Lassen Sie sie am besten in Ruhe, Master Tom“, sagte Giles. „Ich denke, sie hat Pech, das stimmt.“

Am Ende half er jedoch dabei, das kleine Boot zum Schwimmen zu bringen und stieg mit Tom und Ella hinein.

Kurz nachdem sie sich abgestoßen hatten, sah ich einen Mann die Stufen der Klippe hinunterrennen, mit den Armen wedelnd, während er etwas rief. Aber sie schenkten ihm keine Beachtung. Ich glaube nicht, dass sie ihn bemerkt haben. Was mich betrifft, ich schwamm weiter.

Ich konnte nicht sehr schnell gehen, weil ich so schrecklich müde war; Außerdem mochte ich das Schwimmen nicht, und die kalten Wellen brachen über meinen Kopf, machten den Schnitt in meiner Nase schmerzhaft und füllten meine Augen mit etwas, das sie brannte. Ich konnte auch nicht weit sehen und wusste auch nicht, wohin ich wollte. Ich wusste nichts, außer dass ich sterben würde und dass bald alles zu Ende sein würde; Männer, Hunde – alles, ja, sogar Tom. Ich wollte, dass die Dinge ein Ende haben. Ich hatte so schrecklich gelitten, das Leben war so schrecklich, ich war so müde. Ich hatte das Gefühl, dass es besser war zu sterben und es getan zu haben.

So schwamm ich eine lange Strecke und begann Dinge zu vergessen; Tatsächlich dachte ich, ich würde mit meiner Mutter und meiner Schwester auf dem großen Rübenfeld spielen. Doch gerade als ich erschöpft sank, schoss eine Hand ins Wasser und packte mich an den Ohren, obwohl die Finger von unten aussahen, als würden sie sich von mir wegbeugen. Ich sah es kommen und versuchte schneller zu sinken, aber es gelang mir nicht.

„Ich habe sie“, sagte Toms Stimme fröhlich. "Mein! ist sie nicht eine Schönheit? Über neun Pfund, wenn sie eine Unze wiegt. Aber gerade noch rechtzeitig“, fuhr er fort, „denn seht! sie ertrinkt; Ihr Kopf wackelt, als wäre sie Seekrank. Bock auf, Fotze , Bock auf! Du darfst die Hunde endlich nicht betrügen, weißt du? Das wäre nicht sportlich und sie hassen tote Hasen.“

Dann hielt er mich an den Hinterbeinen fest, um das Wasser aus mir herauszulassen, und begann anschließend, mir in die Nase zu schnäuzen, ich wusste nicht warum.

„Tu das nicht, Tom", sagte Ella scharf. "Es ist fies."

„Muss irgendwie das Leben in ihr behalten", antwortete Tom und blies weiter.

„Master Tom", unterbrach Giles, der das Boot ruderte. „Ich bin nicht wählerisch, aber ich wünschte, du würdest diesen Hasen in Ruhe lassen. Irgendwie glaube ich, dass darin eine schlechte Nachricht steckt. Wer weiß? Verdammt, der kleine Teufel fühlt. Wie dem auch sei, es ist ein Rumfisch, der aufs Meer hinausschwimmt. So etwas habe ich noch nie bei einem gejagten Hasen gesehen .

„Bosh!" sagte Tom und blies weiter.

Wir erreichten das Ufer und Tom sprang aus dem Boot und hielt mich an den Ohren. Die Hunde waren alle am Strand, die meisten lagen, denn sie waren sehr müde, aber die Männer standen in einiger Entfernung in einer Gruppe und redeten ernst. Tom rannte zu den Hunden und schrie:

„Hier ist sie, meine Schönheiten, hier ist sie!" Daraufhin standen sie auf und begannen zu bellen. Dann hielt er mich über sich.

„Master Tom", hörte ich Jerrys Stimme sagen, „um Himmels willen, lass den Hasen gehen und hör zu, Master Tom", und das Mädchen Ella, die plötzlich zu schluchzen begonnen hatte, versuchte ihn zurückzuziehen.

Aber er war wütend, als er sah, wie ich tot gebissen und gegessen wurde, und bis er das getan hatte, kümmerte er sich um niemanden. Er schrie nur: „Eins – zwei – drei! Nun, Hunde! *Sorge, Sorge, Sorge!"*

Dann warf er mich in die Luft über den roten Kehlen und knirschenden Zähnen, die auf mich zusprangen.

Der Hase hielt inne, fügte aber hinzu: „Hast du mir gesagt, Freund Mahatma, dass du nie von Hunden in Stücke gerissen worden bist, ‚zerbrochen', wie man es, glaube ich, nennt?"

„Ja, das habe ich", antwortete ich, „und darüber hinaus bin ich Ihnen dankbar, wenn Sie sich nicht weiter mit dem Thema befassen."

Das Kommen des Mannes mit dem roten Gesicht

„Wie du willst", sagte der Hase. „ Auf jeden Fall war es sehr schrecklich. Es schien lange zu dauern. Aber jetzt macht es mir nicht mehr so viel aus, denn ich habe das Gefühl, dass mir so etwas nie wieder passieren kann. Zumindest hoffe ich, dass das nicht der Fall ist, denn ich weiß nicht, was ich getan habe, um ein solches Schicksal zu verdienen, genauso wenig wie ich weiß, warum mir das einmal passiert sein sollte."

„Vielleicht etwas, das du in einem früheren Leben getan hast", antwortete ich. „Siehst du, dann hast du vielleicht andere Kreaturen so grausam gejagt, dass du schließlich an der Reihe warst, das zu erleiden, was du ihnen zugefügt hast. Ich denke oft, dass wir Männer aufgrund dessen, was wir zuvor getan haben, auch wirklich von etwas gejagt werden, das wir nicht sehen können."

"Ah!" rief der Hase, „daran habe ich nie gedacht. Ich hoffe, dass es wahr ist, denn es lässt die Dinge gerechter und weniger böse erscheinen. Aber ich sage, Freund Mahatma, was mache ich jetzt hier, wo du mir sagst, dass arme Kreaturen mit vier Füßen nie oder kaum jemals kommen?"

„Ich weiß es nicht, Hase. Ich bin nicht weise, dem es nur gestattet ist, gelegentlich die Straße zu besuchen, um jemanden zu suchen ."

„Ich verstehe, Mahatma, aber du musst trotzdem eine Menge wissen, sonst würdest du vor deiner Zeit nicht an einen solchen Ort gelangen, oder auf jeden Fall musst du in der Lage sein, eine Menge zu erraten. Also sag mir, warum denkst du, dass ich hier bin?"

„Das kann ich nicht sagen, Hase, das kann ich tatsächlich nicht. Vielleicht schläfst du ein und erwachst als jemand anderes, nachdem die Tore geöffnet sind und dein Wächter dir den Kelch zu trinken gegeben hat."

„Aus dem Kelch trinken, Mahatma? Ich trinke nicht; Zumindest habe ich es nicht getan, obwohl ich nicht sagen kann, was hier passieren könnte. Aber was meinst du damit, als etwas anderes aufzuwachen? Bitte seien Sie klarer . Als was sonst?"

"Oh! Wer kann es wissen? Möglicherweise werden Sie eines Tages sogar ein Mann, wenn Sie sich auf dem Weg der Menschheit befinden , obwohl ich Ihnen nicht raten würde, auf einer solchen Hoffnung aufzubauen."

„Was sagst du, Mahatma? Ein Mann! Eines dieser zweibeinigen Tiere, die Hasen jagen; so ein Ding wie Giles und Tom – ja, Tom? Oh! nicht das – nicht das! Ich würde fast lieber alles noch einmal durchmachen, als ein grausamer, quälender Mann zu werden."

Während er so sprach, wurde der Hase so unruhig, dass er fast verschwand; Es schien buchstäblich dahinzuschmelzen, bis ich nur noch seine Umrisse erkennen konnte. Mit einer Art Schock verstand ich den ganzen Schrecken, den es bei einer solchen Aussicht, wie ich es ihm vorgeschlagen hatte, empfinden musste, und dieses Erfassen der Wahrheit verletzte wirklich meinen menschlichen Stolz. Mir war noch nie klar geworden, dass die Umstände ihres Lebens – und Sterbens – dazu führen mussten, dass einige Kreaturen uns in einem seltsamen Licht sahen.

"Oh! „Ich habe keinen Zweifel daran, dass ich mich geirrt habe", sagte ich hastig, „und dass Ihre Wünsche in diesem Punkt respektiert werden. Ich habe dir gesagt, dass ich nichts weiß."

Bei diesen Worten wurde der Hase wieder deutlich sichtbar.

mit einer schattenhaften Pfote seine noch immer schattenhafte Nase zu reiben . Ich glaube, es erinnerte sich an das Brennen des Salzwassers in dem Schnitt durch das Fensterglas, durch das es gesprungen war.

Ich glaubte, dass seine bemerkenswerte Geschichte fertig war und dass sie bald völlig verschwinden und aus meinem Wissen verschwinden würde, und schaute mich um. Zuerst schaute ich über die hoch aufragenden Tore, um zu sehen, ob sich die Lichter bereits zu verändern begonnen hatten. Da sie es nicht getan hatten, schaute ich die Große Weiße Straße hinunter und folgte ihr kilometerweit, bis sie sich selbst für meine geistige Sicht im Nirgendwo verlor.

Als ich diese Straße auf uns zukam, sah ich einen Mann in einem grünen Mantel, Reithosen und -stiefeln sowie einer Schirmmütze, der in der Hand eine Jagdpeitsche hielt. Er war ein gut aussehender Mensch mittleren Alters mit einem angenehmen, offenen Gesicht, strahlend blauen Augen und sehr roten Wangen, auf denen er einen hellen Schnurrbart trug. Kurz gesagt , ein fröhlich aussehender Mensch, mit dem es offenbar immer gut gelaufen war und für den Kummer, Enttäuschung und seelischer Kampf völlig fremd waren. Zumindest hatte er in seinem ganzen Leben nie gewusst, was es heißt, „Härte zu ertragen".

Als ich seine Natur so studierte, wie man es auf der Straße tun kann, erkannte ich auch, dass in ihm keine Arglist steckte. Seinen einfachen Vorstellungen zufolge war er ein gutmütiger, gottesfürchtiger Mann, der viel Gutes getan und großzügig zu den Bedürfnissen der Armen beigetragen hatte, obwohl es ihn, da er sehr reich gewesen war, wenig gekostet hatte, das Natürliche zu befriedigen Eingebungen seines Herzens.

Darüber hinaus war er das, was Jorsen eine „junge Seele" nennt, tatsächlich ziemlich jung, womit ich meine, dass er in früheren Lebensphasen nicht oft auf der Straße gewesen war, wie zum Beispiel die Frau aus dem

Osten, die mich vor der Ankunft des Herrn angesprochen hatte Hase. Seine grobe Natur war sozusagen kaum über den primitiven menschlichen Zustand hinausgewachsen, in dem sowohl Notwendigkeit als auch Geschmack es für den Menschen üblich und angenehm machen, zu töten; Ich vermute, dass dieser Zustand, den fast jeder Junge auf seinem Weg zum Mann durchläuft, auf das Wirken eines geheimen Gesetzes der Erinnerung zurückzuführen ist.

Es war dieser Gedanke, der mich zuerst dazu brachte, den Neuankömmling mit der Geschichte des rotgesichtigen Mannes vom Hasen in Verbindung zu bringen. Es mag merkwürdig erscheinen, dass ich so dämlich gewesen sein sollte, aber die Wahrheit ist, dass mir, genauso wenig wie dem Hasen, nie in den Sinn gekommen ist, dass ein solcher Mensch die Straße wahrscheinlich noch viele Jahre lang beschreiten würde kommen. Ich hatte angenommen, dass er vergleichsweise jung war, und obwohl ich mit dem Hasen anders argumentiert hatte, war ich zu dem Schluss gekommen, dass er sein glückliches Leben auf der Erde weiterführen würde, bis das Alter ihm ein natürliches Ende bereitete. Daher meine Stumpfheit.

Der Mann schlenderte nachdenklich auf mich zu, offensichtlich sehr verwirrt von seiner neuen Umgebung, aber nicht im Geringsten ängstlich. Wahrlich, dort hat niemand Angst; Wenn sie von ihren Sterbebetten auf die Straße gleiten, lassen sie zusammen mit den anderen Schrecken unseres sterblichen Schicksals die Angst zurück.

Plötzlich wurde ihm die Anwesenheit des Hasen bewusst, und ihm gingen Gedanken durch den Kopf, die ich natürlich lesen konnte.

"Mein Wort!" Er sagte sich: „Die Dinge sind besser, als ich gehofft hatte. Es gibt einen Hasen, und wo Hasen sind, muss jagen und schießen. Oh! Wenn ich nur eine Waffe hätte, oder den Geist einer Waffe!“

Dann kam ihm eine Idee. Er hob seine Jagdpeitsche und schleuderte sie auf den Hasen.

Da es nur der Schatten einer Ernte war, konnte es natürlich nichts schaden. Dennoch ging es durch den Schatten des Hasen und ließ ihn wie ein Blitz herumwirbeln.

„Das war jedenfalls ein guter Schuss“, überlegte er mit einem zufriedenen Lächeln.

Der Hase hatte ihn inzwischen gesehen.

„ Der Mann mit dem roten Gesicht! „Es rief: „Grampus selbst!“ und es drehte sich um, um zu fliehen.

„Hab keine Angst", rief ich, „er kann dir nichts tun; Hier kann dir nichts passieren."

Der Hase blieb stehen und setzte sich auf. „Nein", hieß es, „ich habe es vergessen. Aber Sie haben gesehen, er hat es versucht. Jetzt, Mahatma, werden Sie verstehen, was für ein blutrünstiger Rohling er ist. Selbst nachdem ich tot war , hat er noch einmal versucht, mich zu töten."

„Na ja, und warum nicht?" unterbrach der Mann. „Wofür sind Hasen da, außer um getötet zu werden?"

„Da, Mahatma, du hörst ihn. Schau mich an, Mann, wer bin ich?"

Also schaute er den Hasen an und der Hase schaute ihn an. Plötzlich wurde sein Gesicht verwirrt.

„Bei Jingo!" Er sagte langsam: „Du bist ungewöhnlich – du *bist* diese verfluchte Hasenhexe , die mich das Leben gekostet hat." Da sind die weißen Flecken auf deinem Rücken und da ist der graue Fleck auf deinem Ohr. Oh! Wenn ich nur eine Waffe hätte – eine echte Waffe!"

„Du würdest mich erschießen, nicht wahr, oder es versuchen?" sagte der Hase. „Nun, das hast du nicht und du kannst es auch nicht. Du sagst, ich habe dich das Leben gekostet. Wie meinst du das? Es war mein Leben, das geopfert wurde, nicht Ihres."

„In der Tat", antwortete der Mann, „ich dachte, du bist entkommen. Ich habe dich nie wieder gesehen, nachdem du durch die Fenstertür gesprungen bist. Hatte nie Zeit. Das Letzte, woran ich mich erinnere, ist, dass Ihre Ladyschaft wie ein verrückter Kakadu schrie, ja, und mich beschimpfte, als wäre ich ein Taschendieb, während der Salon in Flammen stand. Dann passierte etwas, und ich ging zwischen dem zerbrochenen Porzellan hindurch und schlug mit dem Kopf gegen ein Tischbein. Als nächstes kam eine Art wirbelnde Schwärze und ich wachte hier auf."

„Ein Anfall oder ein Schlaganfall", schlug ich vor.

„Beides, glaube ich, Sir. Der Sitz zuerst – ich hatte sie schon einmal, und der Schlag danach – gegen das Tischbein. Jedenfalls haben sie mich erledigt, dank diesem kleinen Biest."

Dann sah ich etwas sehr Seltsames, einen wütenden Hasen. Es schien verrückt zu werden, natürlich meine ich geistig verrückt. Seine Augen strahlten Feuer; es öffnete sein Maul und schloss es wieder wie ein erstickender Fisch. Schließlich sprach es auf seine eigene Art und Weise – ich kann nicht aufhören, die genaue Art der Rede bzw. ihr Äquivalent auf der Straße näher zu erklären.

„Mann, Mann", rief es, „du sagst, dass ich dich erledigt habe. Aber was hast du mit mir gemacht? Du hast auf mich geschossen. Schau dir die Male auf meinem Rücken an. Du hast mich mit deinen Laufhunden verfolgt. Du hast mich mit deinen Hunden gejagt. Du hast mich aus dem Meer gezogen, in das ich geschwommen bin, um dir durch den Tod zu entkommen, und hast mich lebend dem Rudel vorgeworfen", und der Hase blieb erschöpft von seiner eigenen Wut stehen.

„Nun", antwortete der Mann kühl, „und wenn ich oder meine Leute es getan hätten, was wäre dann? Warum sollte ich nicht? Du warst ein Biest, ich war ein Mann mit der Herrschaft über dich. Alles darüber können Sie im Buch Genesis nachlesen."

„Ich habe noch nie vom Buch Genesis gehört", sagte der Hase, „aber was bedeutet Herrschaft? Steht in diesem Buch Genesis, dass es das Recht bedeutet, denjenigen zu quälen, der schwächer ist als der Peiniger?"

„Ihr Tiere seid alle zum Essen für uns gemacht", kommentierte der Mann und vermied eine Antwort auf die direkte Frage.

„Sehr gut", antwortete der Hase, „nehmen wir an, wir hätten *dir* etwas zu essen gegeben." War es, um mich zu fressen, dass du mit Waffen gegen mich vorgegangen bist, dann mit Hunden, die auf Sicht rennen, und dann mit Hunden, die auf Geruch rennen?"

„Wenn du getötet und gefressen werden würdest, warum solltest du dann nicht auf eine dieser Arten getötet werden, Hase?"

„Warum sollte ich auf diese Weise getötet werden, Mann, wenn andere gnädiger zu deiner Hand waren? Warum sollte ich überhaupt getötet werden? Wenn du außerdem deinen Hunger mit meinem Körper stillen wolltest, warum wurde ich dann zuletzt den Hunden zum Verschlingen vorgeworfen?"

„Ich weiß es nicht genau, Hase. Ich habe die Sache noch nie in diesem Licht betrachtet. Aber – ah! Jetzt habe ich dich", fügte er triumphierend hinzu. „Ohne mich hättest du nie gelebt. Du siehst, *ich* habe dir das Leben geschenkt. Anstatt zu meckern, sollten Sie mir daher sehr dankbar sein. Verstehst du nicht? Ich habe Hasen erhalten, damit du ohne mich nie ein Hase gewesen wärst . Stimmt das nicht, Herr – Herr – es tut mir leid, dass ich Ihren Namen vergessen habe", fügte er hinzu und drehte sich zu mir um.

„Mahatma", sagte ich.

"Oh! Ja, ich erinnere mich jetzt daran – Herr – ah – Herr. Hutmacher."

„An der Auseinandersetzung ist etwas dran", antwortete ich vorsichtig, „aber lassen Sie uns die Antwort unseres Freundes hören."

„Antwort – meine Antwort! Nun, hier ist es. Was bist du, Mann, der es wagt zu sagen, dass du Leben gibst oder es zurückhältst? Du bist ein Herr des Lebens, *du!* Ich sage Ihnen, dass ich wenig weiß, aber ich bin mir sicher, dass Sie oder solche wie Sie nicht mehr Macht haben, Leben zu erschaffen, als die Welt, die wir hinterlassen haben, den Sternen befehlen muss, zu leuchten. Wenn das Leben kommen muss, wird es kommen, und wenn es sich nicht wie ein Hase verwirklichen kann, dann wird es als etwas anderes erscheinen. Wenn du sagst, dass du Leben erschaffst, dann sage ich, das arme Tier, das du gefoltert hast, dass du ein anmaßender Lügner bist.“

„Du wagst es, mich zu belehren“, sagte der Mann, „ich, der Erbe aller Zeiten, wie mich der Dichter nannte.“ Warum, du böses kleines Tier, weißt du, dass ich Hunderte wie dich getötet habe, und“, fügte er mit einem plötzlichen Anflug von Stolz hinzu, „Tausende anderer Kreaturen, wie zum Beispiel Fasane, ganz zu schweigen von Hirschen und Großwild? Das war meine Hauptbeschäftigung, seit ich ein Junge war. Ich kann sagen, dass ich für den Sport gelebt habe; Ich habe sozusagen kaum etwas anderes für mein Leben vorzuweisen.“

"Oh!" sagte der Hase, „Hast du? Nun, wenn ich du wäre, würde ich jetzt nicht damit prahlen. Sehen Sie, wir befinden uns immer noch außerhalb dieser Tore. Wer weiß, aber wer weiß, ob du jedes einzelne der Lebewesen, die du mit dem Abschlachten amüsiert hast, in ihnen auf dich wartend finden wirst, jedes einzelne, das um Gerechtigkeit für seinen Schöpfer und deine eigenen betet?“

"Mein Wort!" sagte der Mann, „was für eine schreckliche Vorstellung; es ist wie ein böser Traum.“

Er dachte ein wenig nach und fügte dann hinzu: „Wenn ja, dann habe ich meine Antwort. Ich habe sie zum Essen getötet; Der Mensch muss leben. Millionen von Fasanen werden jedes Jahr zu einem viel geringeren Preis als die Zuchtkosten zum Verzehr verkauft. Was sagen Sie dazu, Herr Hutmacher? Macht ihn fertig, denke ich.“

„Ich streite nicht“, antwortete ich. „Frag den Hasen.“

„Ja, frag mich, Mann, und obwohl du dich wiederholst, werde ich mit einer anderen Frage antworten, wohlwissend, dass du hier die Wahrheit sagen musst. Hast du uns wirklich alle zum Essen großgezogen? War es das, warum du deine Hüter, deine Laufhunde und deine Jagdhunde behalten hast, um arme, wehrlose Tiere und Vögel zu töten, um die Mägen der Menschen zu füllen? Wenn dem so wäre, habe ich nichts mehr zu sagen. In der Tat, wenn unser Tod oder unser Leid durch sie den Menschen wirklich in irgendeiner Weise hilft, habe ich nichts weiter zu sagen. Ich gebe zu, dass Sie höher und stärker sind als wir und das Recht haben, uns zu Ihrem eigenen

Vorteil auszunutzen oder uns sogar ganz zu zerstören, wenn wir Ihnen Schaden zufügen.“

Der Mann überlegte und antwortete dann mürrisch:

„Sie wissen sehr gut, dass dem nicht so war. Ich habe Fasane und Hasen nicht nur gezüchtet, um sie zu fressen oder damit andere sie fressen könnten. Irgendetwas zwingt mich, Ihnen zu sagen, dass es dazu diente, dass ich Spaß daran hatte, meine Geschicklichkeit beim Schießen auf sie unter Beweis zu stellen, oder um das Vergnügen und die Übung zu haben, sie zu Tode zu jagen. „Dennoch“, fügte er trotzig hinzu, „behaupte ich als Christ, dass meine Religion mich vollkommen dazu berechtigt hat, all diese Dinge zu tun, und dass mir dafür keine Vorwürfe gemacht werden können.“

„Sehr gut“, sagte der Hase, „jetzt haben wir ein klares Problem. Freund Mahatma, wenn sich diese Tore jetzt öffnen, was passiert dann dahinter?“

„Ich weiß es nicht“, antwortete ich, „ich war noch nie dort; zumindest nicht, dass ich mich erinnern kann.“

„Dennoch, Freund Mahatma, heißt es nicht, dass dort eine Macht lebt, die gerecht urteilt und erklärt, was wahr und was falsch ist?“

„Das habe ich gehört, Hase.“

„Sehr gut, Mann, ich lege meine Sache vor diese Macht – tue dasselbe. Wenn ich falsch liege , werde ich zur Erde zurückkehren, um erneut von Ihnen und den Ihren gefoltert zu werden. Wenn ich jedoch Recht habe, wirst du dem Urteil der Macht gehorchen, und ich bitte darum, dass Sie aus dir einen gejagten Hasen machen wird!“

Als er nun diese schrecklichen Worte hörte – denn sie waren schrecklich –, wurde der Rotgesichtige Mann sehr beunruhigt. Er summte und heulte und bewegte seine Füße hin und her. Schließlich sagte er :

„Sie müssen zugeben, dass Sie zu Lebzeiten unter meinem Schutz eine erstklassige Zeit hatten. Es gibt jede Menge Rüben zu essen und so weiter.“

„Eine erstklassige Zeit!“ antwortete der Hase mit vernichtender Verachtung. „Was für eine Zeit hättest du erlebt, wenn dir jemand in den Rücken geschossen hätte und du dich davonschleichen müsstest, um vor Schmerzen und Hunger zu sterben? Wie hättest du es genossen, wenn du Tag für Tag in Angst und Schrecken vor heimtückischen Monstern leben müsstest, die dir jederzeit auf eine neue Weise Schaden zufügen könnten? Glauben Sie, dass Tiere keine Angst empfinden können, und ist ständige Angst die Art von Freund, die ihnen eine ‚erstklassige Zeit‘ beschert?“

Auf dieses letzte Argument schien der Mann keine Antwort finden zu können.

"Herr. Hase", sagte er demütig, „wir sind alle fehlbar. Obwohl ich nie gedacht hätte, dass ich dazu in der Lage sein würde, muss ich zugeben, dass ich mich möglicherweise in meinen Ansichten und meiner Behandlung von Ihnen und Ihresgleichen und auch von anderen Geschöpfen geirrt habe. Wenn ja, entschuldige ich mich für etwaige vorübergehende Unannehmlichkeiten, die ich Ihnen möglicherweise bereitet habe. Mehr kann ich nicht tun."

„Komm, Hase", warf ich ein, „das ist hübsch; Vielleicht lässt du die Vergangenheit Vergangenheit sein."

„ Entschuldigen Sie sich !" rief der Hase. „Nach allem, was ich erlitten habe , glaube ich nicht, dass es genug ist. Zumindest, Mahatma, sollte er sagen, dass er sich zutiefst schämt und leid tut."

„Na ja", sagte der Mann, „es hat keinen Sinn, zwei Bissen von einer Kirsche zu machen." Es tut mir leid, wirklich leid für all den Schmerz und den Schrecken, den ich über dich gebracht habe. Wenn das nicht reicht, gehen wir hin und regeln die Sache, und wenn ich mich geirrt habe , werde ich versuchen, die Konsequenzen wie ein Gentleman zu tragen. Nur, Herr Hare, ich hoffe, dass Sie Ihren Fall nicht stärker gegen mich vorbringen wollen, als nötig ist."

„Ich nicht, Mann. Ich weiß jetzt, dass Sie sich nur geirrt haben, weil Ihnen die Wahrheit nicht offenbart wurde – weil Sie es nicht verstanden haben. Wenn ich kann, werde ich Sie nur darum bitten, dass Sie die Erlaubnis erhalten, anderen Männern diese Wahrheit zu sagen."

„Nun, ich bin froh, sagen zu können, dass ich das nicht tun kann, Hase."

„Seien Sie nicht so sicher", unterbrach ich; „Das ist genau die Art von Dingen, die beschlossen werden könnten – in ein oder zwei Generationen, wenn die Welt bereit ist, Ihnen zuzuhören."

Aber er achtete nicht darauf oder verstand mich nicht und fuhr fort:

„Es ist eine Unmöglichkeit, und wenn ich es täte , würden sie mich für einen Wahnsinnigen oder einen weinenden , sentimentalen Schwindel halten. Ich glaube, dass viele meiner alten Freunde kaum noch einmal mit mir sprechen würden. Abgesehen von den Freuden des Sports, wenn die Ansichten, die Sie predigen, akzeptiert würden, was würde dann aus Tierpflegern, Treibern, Jägern und Hundezüchtern und Tausenden anderen werden, die direkt oder indirekt ihren Lebensunterhalt mit der Jagd und dem Schießen verdienen? ? Wo wären auch die Spielemieten?"

„Ich weiß es nicht, ich bin mir sicher", antwortete der Hase müde. „Ich nehme an, dass sie ihren Lebensunterhalt auf andere Weise verdienen würden, wie sie es in Ländern tun müssen, in denen es keinen Sport gibt, und dass man die Schießmieten durch mehr Anbau auf dem Land ausgleichen müsste. Sie wissen, dass wir Hasen und das andere Wild schließlich eine Menge fressen, die vielleicht gerettet werden könnte, wenn wir nicht so viele wären. Aber ich bin nicht weise und habe die Frage nie aus diesem Blickwinkel betrachtet. Es mag egoistisch erscheinen, aber ich muss an mich selbst und die Geschöpfe denken, deren Sache ich vertrete, denn etwas in mir sagt mir jetzt – ja, jetzt –, dass sie alle durch meinen Mund sprechen. Es heißt, dass ich deshalb hier sein und mit euch beiden sprechen darf; um ihretwillen und nicht um meinetwillen."

„Wenn Sie mehr zu sagen haben, sagen Sie es besser schnell", unterbrach ich und wandte mich an den rotgesichtigen Mann. „Ich sehe, dass sich die Lichter zu verändern beginnen, was bedeutet, dass bald die Straße geschlossen und die Tore geöffnet werden."

„Ich kann mich an nichts erinnern", antwortete er. „Ja, es gibt eine Sache", fügte er nervös hinzu. „Ich sehe, Herr Hare, dass Sie an meinen Jungen Tom denken, nicht sehr freundlich, fürchte ich. Da du so freundlich warst, mir zu verzeihen , hoffe ich, dass du Tom gegenüber nicht hart sein wirst. Er ist überhaupt kein schlechter Kerl, wenn auch ein wenig gedankenlos, wie viele andere junge Leute."

„Ich mag Tom nicht", sagte der Hase entschieden. „Tom hat auf mich geschossen, als du ihm gesagt hast, er solle nicht schießen. Tom sperrte mich an einem schmutzigen Ort mit einem gelben Kaninchen ein, das er zu füttern vergessen hatte, sodass es mich fressen wollte. Tom hat versucht, mich vom Wald abzuschneiden, damit die rennenden Hunde mich einfangen könnten, obwohl du ihm zugeschrien hast, dass das nicht sportlich sei. Tom zog mich aus dem Meer und blies mir in die Nase, um mich am Leben zu halten. Tom warf mich den Hunden vor, obwohl Giles ihm widersprach und sogar der Jäger ihn anflehte, mich gehen zu lassen. Ich sage dir, dass ich Tom nicht mag."

„Dennoch, Mr. Hare", flehte der Mann mit dem roten Gesicht, „hoffe ich, dass Sie Tom gegenüber gnädig sein werden, wenn es in Ihrer Macht steht, wenn wir durch diese Tore kommen. Mir fällt in dieser Eile nicht viel ein, was ich für ihn sagen könnte, aber er ist mein einziger Sohn und die Wahrheit ist, dass ich ihn liebe. Du weißt, dass er vielleicht leben und anders sein wird, wenn du ihm kein Unglück bescherst."

„Wer bin ich, Unglück zu bringen oder es vorzuenthalten?" fragte der Hase und wurde sichtlich weicher. „Nun, ich weiß, was Liebe bedeutet, denn meine Mutter liebte mich und ich liebte sie auf meine Weise. Ich sage Ihnen, als ich sie tot sah, wie sie sich von einem wunderschönen Lebewesen in einen fleckigen Klumpen Fleisch und Fell verwandelte, fühlte ich mich schrecklich. Ich verstehe jetzt, dass du Tom liebst, wie meine Mutter mich geliebt hat, und, Mann, um deiner Liebe willen – nicht um seinetwillen, wohlgemerkt – verspreche ich dir, dass ich nichts gegen Tom sagen werde, wenn ich es verhindern kann, oder mach auch irgendetwas."

„Du bist ein wirklich guter Kerl!" rief der Mann mit dem roten Gesicht offensichtlich erleichtert aus. "Gib mir deine Hand. Oh! Ich habe vergessen, das geht nicht. Hallo! was läuft jetzt? Alles scheint sich zu ändern."

Während er sprach, begannen sich die Lichter in meinen Augen ernsthaft zu verändern. Der ganze Himmel (ich nenne ihn der Klarheit halber Himmel) über den mächtigen Toren wurde sozusagen lebendig mit brennenden Zungen in jeder Farbe , die sich ein Künstler vorstellen kann. Allmählich formten sich diese feurigen Zungen oder Schwerter zu einem riesigen Kreis, der die Mauern der Dunkelheit zurückdrängte, und durch diesen Kreis, geführt und bewacht von den Geistern toter Sonnen, mit Gerüchen und Gesängen, stieg die einst gekrönte Stadt der Villen herab deren glorreiche Vorstellungskraft zerbricht und sogar die Vision ihre Augen verschleiert.

Es stieg herab, seine Banner wehten im Wind des Gebets; es hing über den Toren, die Blumen aller Pracht , die Rose des Himmels, hing wie ein Opal an der grenzenlosen Brust der Nacht, und dort blieb sie.

Die Stimme im Norden rief die Stimme im Süden an; Die Stimme im Osten rief die Stimme im Westen, und der Engel der Straße eilte die Große Weiße Straße hinauf und berichtete, als er kam, dass seine ganze Schar versammelt sei, während die Straße gesperrt sei.

Er ging vorbei und im Nu waren die Tore niedergebrannt. Ihre Asche fiel auf die Köpfe derer, die an den Toren warteten, erhellte ihre Gesichter und trocknete ihre Tränen vor dem Wandel. Sie fielen auf den Mann und den Hasen neben mir, verhüllten sie sozusagen und ließen sie verstummen, aber auf mich fielen sie nicht. Dann strömten zwischen den Wächtern der Tore die Helfer und Wächter hervor (außer denen, die bereits da waren, ohne die Kinder zu trösten), um ihre Geliebten zu suchen und die Kelche des Schlafes und der Neugeburt zu tragen; dann ertönte die Frage:

„Wer hat am meisten gelitten? Lassen Sie diesen ersten Frieden spüren."

Nun stürmten alle düsteren Heerscharen vorwärts, da jede überwundene Seele glaubte, am meisten gelitten zu haben und den Frieden am bittersten zu brauchen. Aber die Helfer und Wächter drängten sie sanft zurück, und erneut ertönte ein Pfiff, keine Frage, sondern ein Befehl.

Das war der Befehl: –

„Komm näher, du Hase."

Jorsen fragte mich, was nach dieser Rechtfertigung des Hasen geschah, die, wenn ich richtig gehört habe, darauf hinzudeuten schien, dass durch den Beschluss eines unbekannten Richters die Nöte solcher Kreaturen nicht unbeachtet bleiben und verachtet werden oder ungesühnt bleiben . Natürlich musste ich ihm antworten, dass ich es nicht sagen konnte.

Vielleicht ist überhaupt nichts passiert. Vielleicht waren alle Wunder, die ich zu sehen schien, sogar die Straße, auf der die Seelen von dort nach hier und von hier nach dort reisen, und die Tore, die niedergebrannt wurden, und die Stadt der Villen , die herabstieg, nur Zeichen und Symbole von Geheimnissen was wir noch nicht begreifen oder verstehen können.

Was auch immer die Wahrheit in Bezug auf diese Angelegenheit meiner Visionen sein mag, ich muss jedoch kaum hinzufügen, dass niemand mehr darauf bedacht sein kann als ich selbst, zu erfahren, auf welche Weise der rotgesichtige Mann, der im Namen unserer dominanten Rasse spricht, und der Hase, der als ernannter Verfechter der Tierschöpfung sprach, beendete seine Argumentation im Lichte umfassenderer Erkenntnisse. Ich frage mich auch sehr, welche von ihnen sich als richtig erwiesen hat, eine schwierige Angelegenheit, zu der ich mich völlig unfähig fühle, irgendwelche Ansichten zu äußern.

Aber sehen Sie, in diesem Moment bin ich aufgewacht. Der Straßenrand, auf dem ich stand, schien unter mir nachzugeben, und ich fiel ins Leere, wie man es in einem Albtraum tut. Es ist ein sehr unangenehmes Gefühl.

Ich erinnere mich, dass ich danach bemerkte, dass ich nicht lange geschlafen haben konnte. Als ich anfing zu träumen , hatte ich gerade erst die Kerze ausgeblasen, und als ich wieder aufwachte, war noch immer ein schwelender Funke auf ihrem Docht.

Aber wie gesagt, in dem Geisterland, wohin ich gereist bin, gibt es weder Zeit noch Raum noch irgendetwas anderes Vertrautes.